KB155596

자식은 부모를 얼마나 돌봐야 하는가?

상실의 고고학

상실의 고고학

초판 1쇄 인쇄 2024년 7월 5일
초판 1쇄 발행 2024년 7월 10일

지은이 마렌 부어스터
옮긴이 이은주

펴낸이 김영철
펴낸곳 국민출판사
등록 제6-0515호
주소 서울특별시 마포구 동교로12길 41-13(서교동)
전화 02)322-2434
팩스 02)322-2083
이메일 kukminpub@hanmail.net

자식은 부모를 얼마나 돌봐야 하는가?

상실의 고고학

지은이 마렌 부어스터
옮긴이 이은주

PAPA
STIRBT,
MAMA
AUCH

일러두기

1. 이 책은 Maren Wurster의 *Papa stirbt, Mama auch*(Hanser Berlin, 2021)
   를 완역한 것이다.
2. 도서명이나 잡지명은 **겹낫표**(『』)로, 짧은 글이나 음악, 영화 등의 작품명은
   홑낫표(「」)로 표시했다.
3. 본문 하단의 각주는 모두 **옮긴이 주**이며, 본문 끝의 후주는 **원주**이다.

차 례

1.

아빠의 첫 질문

아빠, 여기에 움푹 파인 상처가 생겼네요. 볼록 나온 배와 가슴 사이에요. 배와 흉곽이 만나서 주름이 잡히는 여기 말이에요. 아빠는 아무것도 입지 않은 상태로, 앞치마처럼 생긴 이 물방울무늬 천 조각 하나만 달랑 덮고 계시네요. 그마저도 오른쪽 상반신 쪽으로 걷어서 구깃구깃 뭉쳐 놓았고요. 목덜미에 묶여 있는 끈은 목주름 사이에 끼어서 보이지도 않아요.

"검버섯이에요." 간호사가 움푹 파인 곳을 가리키네요. 간호사는 아빠의 침대 저쪽 건너편에 서 있고, 저는 아빠를 사이에 두고 맞은편에 서 있어요. '아빠가 검버섯을 잡아 뜯었나 보네.' 맞은편에 있는 간호사도 제 생각과 같은 말을 하네요. "아마 검버섯을 잡아 뜯으신 것 같습니다."

그런데 지금 그 움푹 파인 상처는 제 새끼손톱만큼이나 커요. 그래서 그 아래의 지방과 근육과 힘줄까지, 피부층이 다 적나라하게 보이네요. 아빠가 숨 쉴 때마다 배가 움직이면서 그 움푹 파인 자리가 타원형으로 벌어져요. 저는 차마 자세히 들여다보진 못하겠어요. 간호사가 그 자리에 소독약을 뿌리고 그 위에 반창고를 붙여 줬어요. 제가 가운을 조심스럽게 덮어 드렸고요. 그러자 아빠가 제가 있는 방향으로 고개를 돌렸는데, 목에 묶은 끈에 쓸려서 상처가 난 게 보이네요.

아빠는 호르몬 요법과 코르티손으로 인해 이미 오래전부터 많이 부어 있어요. 아빠는 이상하게 고개를 위로 향한 채 자는데도, 아빠의 목은 턱과 가슴 사이에 쿠션을 끼워 놓은 것같이 보일 정도예요. 입을 벌린 채로 잠이 드셨네요.

튜브 하나가 아빠의 양쪽 귀와 뺨을 거쳐서 코 쪽으로 이어져 있고, 위쪽으로 꺾인 조그만 관 두 개가 콧구멍으로 들어가 있어요. 또 다른 튜브 하나는 쇄골 아래쪽에서 몸속으로 들어가 있는데, 튜브가 삽입된 부분의 피부가 볼록하게 올라와 있는 것이 보여요. 그리고 주삿바늘 하나가 아빠의 왼쪽 손등에 꽂혀 있고, 하늘색 꼭지가 달려 있어요. 손가락엔 빨간 불이 반짝거리는 집게가 끼워져 있고요. 모든 것이 여러 기계로 이어져 들어가거나 기계로부터 나오고 있어요. 온갖 기계가 아빠를 꿰뚫어 보고 있는 거죠. 모니터에는 다양한 색깔의 선들이 파닥거리며 아빠의 심장박동과 호흡을 그리고 있어요. 삑삑거리는 소리도 들리고 풍풍거리는 소리도 들려요.

제가 아빠의 손등을 가만히 쓰다듬었어요. 그런데 검버섯이 있는 부분은 제 손끝에 건조하게 느껴지네요. 그 옆에 주삿바늘이 꽂힌 자리는 시퍼렇게 멍이 들어 있고 가장자리로 벌겋게 멍이 번져 있어요. 아빠가 고개를 다시 제 쪽으로 움찔했는데, 눈은 여전히 감고 계시네요. 아빠는 손가락이 가늘고 길쭉해서 손이 참 예뻐요. 제 손처럼요. 제 손이 아빠 손을 닮았잖아요. 다들 그렇대요. 제 손이 아빠 손 판박이래요. 우울증도 아빠를 닮았고요. 중독도 닮았어요. 아니 오히려 중독의 구조가 닮았지요. 저는 담배를 피울 때는 곧바로 발코니로 나가서 피우거든요. 베이비 폰*을 나무 매트 위에 올려두고, 조그만 초록색 불이 들어와서 연결 상태가 안정적인 것을 확인하고 나서, 하루 동안 피울 줄담배 중 첫 담배에 불을 붙여요. 그게 저도 좋지는 않아요, 사실 창피해요. 숨 쉴 때마다 냄새가 나고, 옷이나 제 피부에도 냄새가 배어 있어서요. 무엇보다 아이가 곁에서 저를 쳐다보고 있을 때면 특히 부끄러워요. 중독의 여동생 이름은 수치심이에요. 저는 외동딸이잖아요. 그런데도 저는 여동생이 있는 것 같고, 바로 중독이 제가 작은 손을 잡고 있는 자매 같다는 생각이 들어요. 저는 술을 마시면 비틀비틀 침대로 가게 되는데, 불안정한 걸음걸이와 둔한 몸짓이 아빠를 떠올리게 해요. 제가 마약을 복용할 때는, 손가락을 가루 속으로 아주 깊게 집어넣어 잔뜩 묻히고, 아침엔 발톱이 뒤집혀서 피투성이가 된 채로 욕조 가장자리에 앉아 있곤 했어요. 배수구 주위엔 색종이 조각이 잔뜩 모여 있었고요.

아빠의 침대 끝에는 서류 하나가 붙어 있는데, 그 서류에는 확

---

* 아기 방에서 나는 소리를 들려주는 장치.

장 가능한 표에 약자와 숫자가 여럿 쓰여 있고 체크 표시가 잔뜩 되어 있고 여기저기 줄이 그어져 있어요. 난해하면서도 정밀하게 기재되어 있는 그 기록을 제가 좀 살펴볼게요. 아빠의 혈압은 뾰족뾰족한 산맥처럼 기록되어 있는데, 매시간 점이 두 개가 표시되어 있고, 그때마다 두 점이 서로 연결되어 있어요. 일곱 시와 열 시 사이에는 양쪽 선이 모두 심하게 올라갔는데, 누군가가 거기에 빨간 화살표 하나를 그려 놓았네요. 그다음부터는 선들이 다시 떨어지고 있어요. 제가 읽어 볼게요. "PWTT: SpO₂−소식자"* "Vas. Zug.: pVK, ZVK, 히크만."** 그리고 "ZVD 1mmHg, 1.36cmH₂O." "38.5, 38.7, 39.0" 이건 아빠의 체온이겠군요. 아빠에 대한 약 처방은 "펜타닐 12.5μg/h, ASS, 판토프라졸, 미르타자핀, 프레드니솔론, 마크로골"*** 이라고 적혀 있어요. 아빠가 소변은 240ml를 보셨다고 기록되어 있어요. 구토에도 체크가 되어 있고 배액에도 체크가 되어 있어요.

손잡이가 하나도 없는 창문 밖으로 구름 한 점 없이 햇볕 쨍쨍한 여름 하늘이 보여요. 정말 무더운 날씨예요. 그래서 저도 여름 원피스를 입고 왔어요. 여기 병실은 시원하고 유난히 차분한 분위기인데도 저는 여전히 땀을 줄줄 흘리고 있어요. 창가로 다가가 보니 비키니를 입은

---

* 진단이나 치료를 위해 몸속에 삽입하는 대롱 모양 기구.

** Vas.Zug.는 정동맥 관, pVK는 말초 정맥 카테터, ZVK는 중심 정맥 카테터, 히크만(Hickman)은 카테터 제조사.

*** 펜타닐은 강력한 마약성 진통제, 판토프라졸은 항궤양제, 미르타자핀은 항우울제, 프레드니솔론은 스테로이드 계열의 염증 및 면역 반응 억제제, 마크로골은 변비약이다.

젊은 아가씨가 누르스름하게 마른 잔디밭에 하얀 수건을 펼치고 누워 있는 모습이 보여요.

"이즈 히 다잉(Is he dying)?" 의사 선생님께 여쭤봤어요. 아빠가 제 말을 들을까 봐 일부러 영어로 말했어요. 의사 선생님이 저에게 뭐라고 설명해 주셨는지 아빠도 들어서 이미 알고 있긴 하지만요. 아빠의 왼쪽 폐 전체와 간, 허리, 골반, 어깨뼈까지 전이된 상태라고 했어요. 복수도 찼고요. 새로 폐렴이 생겼고, 그래서 아빠가 여기 있게 된 거고요. 아마 요로 감염에 패혈증까지 진행되었나 봐요.

"아직은 검사 결과가 나와 봐야 압니다."

의사 선생님이 말했어요.

"제 아버지는 사전 연명 의료 의향서를 작성하셨어요. 그리고 제가 보호자로 모든 권리를 위임받았습니다."

제가 의사에게 서류 사본을 건네며 말했어요. 이 서류들은 아빠와 엄마가 15년 전에 미리 작성해 놓은 것으로, 제가 엄마 아빠의 모든 은행 계좌의 대리권도 갖고 있다고 되어 있어요. 제가 마음만 먹으면 그 계좌에서 돈을 다 찾아서 써 버릴 수도 있었겠죠. 그러나 그럴 필요가 없었어요. 엄마 아빠는 저를 잘 돌봐 주셨고, 대학 공부를 시켜 주셨고, 저를 항상 신뢰하셨어요. 이제 엄마 아빠의 법률적인 의사 표시가 중요한 시점이 되었어요.

"연명 치료를 받고 싶지 않습니다." 제가 말했어요.

"여기는 집중 치료실인데도요." 의사가 말했어요.

참 잘생기셨어요, 이 의사분 말이에요. 마스크로 얼굴이 반은 가려져 있는데도 잘생긴 티가 많이 나네요. 가무잡잡한 피부에, 머리는 면도기로 밀었고, 커다란 갈색 눈에, 눈썹은 약간 야성적이에요. 젊고요.

　제가 아빠 이마에 손을 얹었어요. 흰머리가 자라기 시작하는 곳에 손을 얹고, 종종 그랬듯이 아빠의 머리를 쓰다듬으려고요. 아빠가 잠에서 깨어나 천천히 힘겹게 눈을 뜨네요. 처음엔 초점이 없는 듯 멍하니 있다가 이리저리 쳐다보는데, 아직 상황 파악도 안 되고 자신이 누군지조차 헷갈리는 것 같아요. 그러다가 저를 발견하고는 아빠의 눈길이 안정을 찾았어요.

　"아빠."

　제가 아빠를 불렀어요.

　아빠가 입을 벌렸는데, 입이 바짝 말라 있고 이는 안쪽이 까맣게 썩은 게 보여요. 아빠가 어눌한 발음으로 말했어요. "그런데 엄마는?"

　아빠가 엄마에 관해 묻네요. 제가 엄마를 부를 때처럼 그렇게, 엄마라고 하시네요. 잉그리트가 아니고요. 혹은 아빠가 엄마를 사랑스럽게 부르는 별명인 베젤레도 아니고요. 아빠가 해군에 있을 때 알게 되었던 어떤 미국인이 아빠한테 좋아하는 음식이 뭐냐고 물어서, 아빠가 완두콩과 비엔나소시지를 곁들인 슈페츨레*라고 대답했

---

* Spätzle, 밀가루에 달걀과 소금을 넣어 만드는 달걀 국수. 주로 고기 요리에 곁들여 먹는다.

는데, 그걸 그분이 듣고 따라 말한다는 게 "베젤레"라고 잘못 말했다고 했었지요.

"엄마는 잘 지내고 계세요."

사실은 잘 모르지만 일단 또박또박 큰 소리로 대답했어요.

"곧 엄마한테 갈 거예요."

아빠가 제 대답을 듣고는 다시 눈을 감더니 금세 스르르 잠드시네요. 잠드는 순간에는 몸이 약간 가라앉고, 긴장이 풀어지고, 꿈나라가 시작되잖아요. 저는 그걸 어렸을 때부터 잘 알고 있어요. 아빠의 몸을 보면 지금 잠이 들고 있다는 걸 알 수 있어요. 아빠의 손가락이 움찔거리고, 눈이 위쪽으로 돌아가고, 눈꺼풀 아래에서 눈동자가 움직여요. 입은 저절로 벌어지네요. 모니터의 심장 박동 그래프의 높낮이가 안정되고 삑삑거리는 소리가 다시 느려졌어요.

엄마. 집중 치료실에 계신 아빠를 처음으로 면회 갔을 때 아빠가 저에게 한 첫 질문이 엄마에 관한 거네요. 그러니까 아빠의 역사는 또한 엄마의 역사이기도 하죠. 아빠의 죽음은 또한 엄마의 죽음이기도 하고요. 다른 말로 표현하면, 엄마의 죽음이 시작된 거예요.

사람들의 사진을 찍는다는 것

　제일 먼저 기억나는 건 도마뱀이에요. 하얗게 칠한 천장에 붙어 있던, 검은 얼룩무늬의 조그만 도마뱀 말이에요. 데니아에 있는 우리 집에서 제 위쪽에 꼼짝하지 않고 붙어 있었어요. 그 도마뱀이 느닷없이 고개를 홱 돌리는 바람에 제가 소스라치게 놀랐었지요. 그때 저에게 그게 도마뱀이라는 걸 알려 준 사람이 아빠잖아요. 제 언어는 아빠의 언어예요, 아빠가 저에게 말을 가르쳐 주셨으니까요. 도마뱀, 올리브 나무 숲, 부에노스 디아스 같은 말들요. 도마뱀의 쫙 벌린 발가락들이 제 마음을 사로잡기도 했지만, 한편으론 무섭기도 했어요. 이를 닦을 때 물을 삼키면 안 된다는 걸 말해 준 사람도 아빠예요. 우리는 데니아에 있는 우리 집에서 세면대 앞에 서 있었어요. 발판 위에 서 있는 저에게 어떻게 뱉어야 하는지 아빠가 알려 줬지요. 물이 배수구 쪽으로 흐르도록 뱉어야 한다고요. 제 딴에는 그대로 따라 한다고 했지만, 그저 조그맣고 걸쭉한 얼룩밖에 만들지 못했어요.

　제 손을 잡고 모래밭을 거닐던 사람도 아빠였지요. 찰랑거리는 잔물결이 제 발을 간질였어요. 아빠 손을 잡고 제가 첫걸음마를 하는데 삐뚤빼뚤 걸으면서도 의기양양했어요. 엄마는 부엌에서 높고 어두운색 바 뒤편에 서서 저를 향해 환호성을 지르고 있고, 제가 비틀거리지 않게 아빠가 제 손을 잡아 주고 있어요. 나중엔 아빠가 비틀거리지 않게 제가 아빠 손을 자주 잡아 드리게 되었지만요. 언젠가 우리가 베렌 호수에 다녀오던 날이 5월 1일이라 그릴 파티가 열렸었지요. 그때 저는 여덟아홉 살쯤이었는데, 여럿이 서로 손에 손을 잡고 넓은 아스팔트 길로 숲을 지나 주차장 쪽으로 올라갔어요. 아빠가 맨 마지막에 제 손을 잡고 비틀적거리며 걸어갔는데, 다른 한 손은 누군가 다른 사람이 잡고 있었어요. 저도 그게 누군지는 모르겠지만, 아빠의 비틀거리는 모습이 눈에 띄지 않기만을 바랐어요. 아빠가 비틀거리는 것을 숨기고 다른 사람들의 걸음에 영향을 미치지 않게 하려고, 아빠를 막고 버티거나 끌어당기느라 꽤 애를 먹었어요.

스페인으로 가는 차 안에선 저한테 땡볕이 내리쬐지 않도록, 엄마가 하얀 물방울무늬가 있는 파란 수건을 자동차 문의 고무 패킹에 압정으로 고정해 줬어요. 그러자 가느다란 빛 몇 줄기만 나에게 내리비치고, 그 빛에 먼지가 떠다니는 게 보였어요.

엄마와 제가 오렌지를 땄어요, 아주 커다란 오렌지를요. 오렌지들을 한 아름 안고 나르다가 한 개를 떨어트렸는데 그게 터져 버렸어요. 고운 날알 모양 길에 과즙과 과육이 흐르고 있었어요. 엄마가 터진 오렌지를 집어서 다시 농장 안으로 던졌어요.

집 주위를 배회하는 고양이들에게 엄마는 저녁마다 우묵한 접시에 우유를 담아서 주곤 했지요. 저는 고양이들을 쓰다듬어 주었고요. 항상 머리부터 꼬리 쪽으로 쓰다듬으라고 엄마가 알려 주었어요. 이웃집 개 킬리가 저는 너무 무서웠어요. 그래서 늘 울타리 너머로 그 개를 지켜보곤 했어요. 고양이들은 늘 여러 마리가 몰려다녔는데, 털이 보들보들한 고양이도 있었고 털이 뭉쳐 있거나 군데군데 빠져 있는 고양이도 있었어요. 고양이에 대한 기억은 그 정도밖에 없지만, 그 개에 대한 기억은 아주 또렷해요. 창백한 혀를 빼물고 꼬리를 아래로 내린 셰퍼드가 금방이라도 달려들 것처럼 보였거든요.

제 첫 기억들의 전체적인 모습은 데니아의 무더운 날씨와 관련이 있어요. 저는 발가벗고 있거나 때로는 멜빵 치마 차림이었어요. 집 앞 계단을 내려가면 작은 정원이 있어요. 엄마는 벽을 하얗게 칠하고 있어요. 비키니만 달랑 입은 채로요. 햇빛이 하얀 벽에 반사되고 있어요. 비키니를 입고 집 외벽을 하얗게 칠하던 엄마를 제가 진짜로 기억하는 걸까요? 아니면 사진을 보고 그런 엄마를 기억한다고 믿게 된 걸까요? 그런 게 사진일까요?

사진이 발명되면서 지금까지의 확신에 의문을 품게 되었어요. 발터 벤야민(Walter Benjamin)은 지금 여기를 전통 관계라고 부르는데, 사진이 지금 여기로부터 어떻게 벗어나는지를 묘사하고 있어요.[1] 저의 경우에, 저의 기억 관계에 뭔가 비교 가능한 일이 일어나고 있어요. 엄마가 어느 무더운 한낮에, 구름 한 점 없는 땡볕에서 집의 벽을 하얗게 칠했던, 지금 여기가 있었어요. 그때 아빠는 아마 카메라 셔터를 누름으로써 지금 여기의 일부분이었고요. 하지만 제 위치는, 그게 제 기억과 느낌이긴 하겠지만, 불분명한 상태로 남아 있어요. 비키니를 입은 엄마의 사진을 알고 있는 아이와 저의 가능한 현존, 저의 지금 여기와의 사이에서 진동하고 있는 거예요. 제가 수십 년 전에 보고 그 후론 한 번도 보지 못한 그 사진과 당황스럽게도 동일시하며, 제가 단지 기억한다고 여길 뿐인 저의 지금 여기와의 사이에서요. 실제 지시 관계는 저에게서 사라지고 마는 거죠.

"보세요. 엄마랑 함께 있는 게 저잖아요."라고 「블레이드 러너」라는 영화에서 레이철*이 데커드에게 말하지요. 어떤 여자의 품에 어떤 소녀가 안겨 있는 사진인데, 화창한 날씨에 베란다 계단에 둘이 앉아 있는 모습이에요. 레이철이 자기가 복제 인간이 아님을 증명하기 위해 그 사진을 제시한 거예요.

제가 비록 그 사진 속으로 들어가지는 못하지만, 제가 연관이 있다고 확신할 수 있는, 구체적으로 움직였던 순간으로, 하얀 벽 앞에 비키니를 입고 있는 엄마에게로 돌아가지는 못하지만, 제 상상 속에서는 햇빛에 갈색으로 그을린 날씬하고 아름다운 엄마가 허리에 달랑 끈 두 개로 묶기만 하는 비키니를 입은 채 벽 앞에 서서 방금 롤러를 가지고 페인트 통 쪽으로 몸을 숙이는 모습이 보이는 것 같아서, 서글퍼지네요.

제가 난생처음으로 사진을 찍었던 기억이 나요. 카나리아제도에 있는 어떤 호텔 방에서였죠. 아빠 엄마가 데니아에서 살던 집을 팔고 난 후에, 우리는 한동안 여러 섬에서 클럽 휴가**를 보냈지요. 그

---

* 영화 「블레이드 러너」에서 타이렐 박사 조카의 기억을 이식받아서 자신이 인간인 줄 아는 복제 인간. 이 영화 속에서 복제 인간들은 진짜 인간과 외견상 구분이 불가능하며, 수명이 4년으로 제한되어 있다.
** 대개 주변 환경과 분리되어 있고, 스포츠, 엔터테인먼트, 보육 등 휴식과 힐링에 필요한 활동과 시설이 제공되는 휴양지에서 시간을 보내는 휴가를 뜻한다.

리고 그 섬 중 한 곳에서, 푸에르테벤투라섬 아니면 그란카나리아섬 이었는데, 거기 호텔 방에서 저한테 엄마 아빠의 카메라를 사용해도 된다고 허락해 주셨었죠. 그때 두 분은 소파에 앉아 계셨고, 그 옆에는 거창한 꽃다발이 놓여 있었어요. 아주 풍성한 꽃다발이었는데, 나중에 엄마가 요양원에 입원하려고 도착했을 때 받은 꽃다발도 그렇게 부피가 아주 컸지요. 엄마도 저도 그 꽃다발을 받아 들지 못해서 꽃다발은 요양원 원장님 손에 무심하게 들려 있었어요. 아빠가 엄마에게 팔을 두르자, 저는 조그만 사각형 창을 통해 보며 셔터를 눌러서 아빠 엄마의 사진을 찍었어요. 엄마는 귀까지 내려오는 검은 곱슬머리에 빨강과 하양 줄무늬 원피스를 입고 있는데, 드러난 팔은 햇빛에 갈색으로 그을려 있어요. 키가 훤칠한 아빠는 밝은색 양복에 하얀 셔츠를 입고 있고요. 엄마도 아빠를 끌어안음으로써 아빠의 어깨동무에 화답했지요. 아빠와 엄마 사이에는 공간이 별로 남아 있지 않아요. 제가 그 사진을 어떻게 찍었는지 기억나요. 사진이 흔들렸어요. 그래도 엄마 아빠가 웃고 있는 건 알아볼 수 있어요. 그 사진은 제 옷장 위에 쌓여 있는 이삿짐 상자 중 하나에 들어 있어요. 그리고 그 다섯 개 상자 중 하나에는 엄마 아빠에 관한 마지막 서류들이 담겨 있어요.

롤랑 바르트(Roland Barthes)가 쓴 글에 따르면, 그리스인들은 뒷걸음질로 죽은 자들의 왕국으로 들어간대요. 과거를 앞에 두고요. 바르트는 자기 어머니가 돌아가시기 전 마지막 반년 동안 어머니를 보살폈는데 그때 어머니 사진들을 훑어보며 그런 태도로 어머니의 삶을 돌아봤어요. 베냐민의 경우와 달리 바르트에게 사진은 그 어떤 다른 모사 예술보다 더 많이 지금 여기에 매여 있어요. 사진은 무언가가 그렇게 "거기 존재했었다"[2]라는 것을 증명하고, 동시에 더 이상 그렇게 존재하지 않는다는 것을 증명하기에, 여기에서 슬픔이, 돌아가신 어머니에 대한 슬픔이 차오르게 된대요. 촬영하는 순간에 이미, 모사된 사람의 상실이 공명하면서 그 사람의 죽음이 분명해진다는 거죠. 바르트는 여기에서 한 걸음 더 나아가요. 왜냐하면 사진의 관찰자나 그의 감정, 지식, 증인 자격도 사라질 것이기 때문이에요. 그는 자기 부모의 사진 한 장을 발견하고 궁극적인 상실을 의식하게 되었대요. 바르트는 "나의 아버지와 어머니가 함께 나온 유일한 사진을 보면, 소중한 사랑이 영원히 사라질 거라는 생각이 든다. 왜냐하면 나는 그 두 분이 서로 사랑했다는 것을 알고 있는데, 그런 내가 더 이상 존재하지 않게 되면, 아무도 더 이상 그 사랑을 입증할 수 없게 될 것이기 때문이다. 상관없는 자연 이외에는 아무것도 남아 있지 않게 될 것이다."[3]라고 썼어요.

아빠 엄마도 서로 사랑했고, 이따금 치명적인 방식으로 사랑하셨지요. 그런데 그런 아빠 엄마를 제가 찍은 사진은 이미 두 분이 떠나가고 있음을 증명하고 있고, 제가 지금 분명하게 체험하고 있어요. 하지만 이미 늘 분명했었지요. 수전 손택(Susan Sontag)도 "모든 사진은 일종의 메멘토 모리*다."[4]라는 글을 썼어요. 사진이 어떤 순간

---

* memento mori. 죽음을 생각하라는 뜻.

을 담아내는 것이라고 여긴다면, 사진에 관한 저의 글도, 아빠 엄마에 관한 저의 글도, 소멸이라는 특징을 지니고 있는 셈인데 그 소멸을 제가 결국은 체험하게 되겠지요. 아빠와 엄마의 죽음이 각각의 사진마다 존재하므로, 제 글은 곧 상실의 고고학인 셈입니다. 손택은 사람의 사진을 찍는 것은 잔인한 행위라고 설명하고 있어요. 저는 글을 쓰는 것도 마찬가지라고 생각해요. 저는 아빠와 엄마를 대상으로 변화시켜 보여 주는데, 그게 어떤지 두 분은 절대 보지 못하겠지요. 그리고 저는 아빠 엄마에 관해 무언가를 경험하는데, 그걸 두 분은 경험하지 못할 거예요. 저는 아빠 엄마가 허락해 주신 장면들을 서술할 거예요. 제가 아빠에 관해 글을 써도 되는지 여쭤봤을 때, 아빠는 "그래, 물론이지."라고 말씀하셨지요. 제가 아름답지 못한 순간들에 관해서도, 특히 아빠의 알코올 중독에 관해서도 쓸 거라고 했는데도 그저 "괜찮아."라고만 거듭 말씀해 주셔서, 아빠의 관대함과 초연함에 가슴이 뭉클했어요.

2.

아빠와 엄마는 떠나는 중이에요

아빠가 입원해 있는 병원에서 자전거를 타고 곧장 엄마가 있는 요양원으로 가고 있어요. 가는 길은 계속 오르막길뿐이에요. 이 길로 어제저녁에 아빠를 태운 구급차가 청색 경광등을 켜고 반대 방향으로 내려가야 했겠지요. 아빠가 가슴 통증에 호흡 곤란까지 있어서 인공호흡을 했나 봐요. 삽관이라고 했었나? 모르겠어요. 여름 원피스의 치맛자락이 펄럭거려서 손으로 꽉 붙잡았어요.

"어제 아버님이 구급차에 실려 가셨을 때 어머님이 꽤 안정적이긴 하셨어요. 그래도 주거 시설에 어머님 혼자 계시도록 내버려 두면 안 될 것 같아서 저희 병동으로 모셔 왔어요."라고 수간호사 선생님이 제게 말씀해 주시네요.

저는 이 병동을 이미 잘 알고 있어요. 문에 붙어 있는 간판에 '치매 환자분들을 위한 안전한 거주 공간'이라고 쓰여 있어요. 제가 2년 전에 엄마를 베를린으로 모셔 왔을 때, 엄마가 처음 몇 주 동안 여기 계셨잖아요. 아빠가 뒤따라오시고 나서 아빠와 엄마는 요양원 안에 있는 주거 시설로 옮겼고요. 뿌연 유리창이 달린 육중한 철문은 비밀번호를 입력해야만 열 수 있는데, 저는 그 번호를 아직도 기억하고 있어요. 47-11이에요. 어쨌든 전 엄마가 도망갈까 봐 걱정되진 않아요. 그걸 배회 성향이라고 부른다지요. 저는 그 단어를 좋아해요. 그건 아는 사람을 찾아다닌다는 뜻이자 집을 찾아다닌다는 뜻이니까요. 엄마는 너무 겁이 많고 사람들에 집중해요. 마치 놀이터에서 어디론가 갑자기 가 버리지 않고, 항상 제가 어디 있는지 확인하면서 제 근처에서 놀고 있는 어린아이 같아요.

엄마는 휴게실에 있는 빨간 소파에 앉아 있네요. 정면에 보이는 맞은편 벽을 물끄러미 바라보고 있어요. 소매 없는 윗옷을 입고 있어서 제가 팔을 쓰다듬었는데, 팔이 마치 반죽처럼, 차갑게 식어 가는 효모를 넣은 반죽처럼, 촉감에 생기가 없는 듯 느껴져요. 엄마가 저를 쳐다보네요. 엄마가 저를 알아보는 건지 전혀 모르겠어요. 엄마 눈에 초점이 없어요. 제가 엄마 옆에 앉았어요.

"다 괜찮아."

엄마가 말하며 다시 정면을 쳐다보네요.

엄마한테선 냄새가 심하게 나요. 샤워를 안 하겠다고 고집을 부리니까요. 간호사들이 계속 시도하긴 하지만, 엄마가 워낙 거세게 거부하는 데다가 엄마에겐 돌봄을 받지 않을 권리도 허용되어 있거든요. 물론 엄마가 방치되는 걸 노리고 그렇게 행동하는 건 아닐지라도요. 그거 배회 성향과도 조금 비슷해요. 동기와 상반된 결과가 생길 수 있거든요. 그리고 엄마는 입냄새도 나요. 입속의 이가 많이 썩었기 때문이에요. 몇 개는 이미 빠지고 없어서, 엄마가 웃으면 당황스럽게도 입속이 들여다보여요. 치과 의사 선생님이 엄마의 썩은 이들을 빼자고 하지만 저는 거부하고 있어요. 그건 전신 마취하에서만 진행될 거라는데, 그걸로 인해 치매 증상이 심해질까 봐 두렵거든요. 치매에는 아주 많은 얼굴이 있는데, 지금보다 훨씬 더 많은 걸 잃게 될 것만 같아요. 그것 때문에 의사 선생님과 의견이 충돌하고 있어요. 저는 부분 마취를 한 상태에서 엄마의 손을 꽉 붙잡고 하면 어떻겠냐고, 그렇게 시도라도 해 봐 달라고 부탁했어요. 의사 선생님은 딱 잘라 거절했고요. 그래서 저는 수술을 거부하고 있어요. 제가 전권을 갖고 있으니까요. 결정권이 저한테 있다고 누누이 말씀드려도 의사 선생님은 전혀 이해를 못 하는 느낌이에요. 그분은 제가 자신의 능력을 의문시하고 의사의 충고를 따르지 않는다고, 주제넘다고 생각해요. 신경과 의사 선생님이 치매에 걸렸을 때는 어떤 경우에도 전신 마취를 피하라고 했다고 아무리 설명해도 소용이 없네요.

지금 제가 엄마의 손을 잡았어요. 그런데 제 손안에 들어 있는 엄마 손은 제 손을 마주 잡으려는 느낌은커녕 아무런 호응도 없어요. 그 손에선 단지 불안감만 느껴질 뿐이에요. 아주 살살 움직여 빠져나가려는 것 같아요. 엄마는 아빠에 관해 묻지 않네요. 그게 저는 정말 당황스러워요. 엄마는 아빠가 방에서 나가면 1분도 안 되어 금세 아빠를 찾았잖아요. 그럴 때면 아빠가 화장실에 갔는데 금방 다시 온다고 계속해서 엄마에게 말해 줬지요. 아빠는 더 멀리 간 적도 결코 없었어요. 그런데 지금은 아빠를 언급할 용기가 나지 않아요. 어쩌면 그때는 아빠가 방에서 나갔던 것이 아직 단기 기억 속에 남아 있어서 엄마가 물어봤나 봐요. 엄마가 주로 이전에 직접 겪었던 일로부터 대화의 주제와 단편을 계속해서 끄집어내고, 돌리고, 방향을 바꾸곤 하는 것처럼요. 그래도 아직 엄마가 앞서 있었던 일에 관해 느닷없이 어떤 질문을 할 수 있었던 동안에는 아빠와 제가, 우리가, 이따금 이미 어딘가 다른 곳에 간 것처럼 얘기하곤 했잖아요. 지금 아빠가 방에서 나간 지 하룻밤을 넘기고 아침을 지나 온종일 보이지 않는 이유를 엄마에게 말해 준들 엄마는 이해하지 못할 텐데, 어떻게 설명해야 할지 모르겠어요.

아빠의 상태가 나쁘다고 솔직히 말해야 할까요? 저도 기꺼이 엄마랑 친밀하게 지내고는 싶은데, 다가갈 수 있는 길이 있기나 할지 의문이에요. 그 길이 저에겐 막혀 있는 것처럼 여겨지거든요. 아빠 걱정도 되고, 아마 제게 확신이 없기도 해서 그런 것 같아요. 지난 2년 동안 저는 거의 언제나 아빠와 함께 있는 상태에서만 엄마를 겪어 봤잖아요. 그걸 저는 이제야 알아차렸어요, 아빠가 우리의 구심점이었다는 것을요. 우리 둘 다 아빠를 중심으로 돌고 있었던 거예요. 이제 저 혼자 어떻게 엄마에게 대처해야 할지 모르겠어요.

우리 등 뒤에서 뭔가가 쾅 부딪히는 소리가 나더니 어떤 남자가 큰 소리로 끙끙거리고 있어요. 고개를 돌려 보니 두 남자가 각각 밀고 가던 커다란 보행 보조기가 서로 걸려 있는 게 보이네요. 머리 높이의 하얀색 봉들이 그 두 사람을 마치 새장처럼 세 면에서 에워싸고 있어요. 그중 한 남자가 계속 앞으로 가려고 시도하자, 바퀴 하나에서 끼익 소리가 나네요. 그런데도 끙끙거리며 애를 쓰고 있어요. 다른 한 사람은 입을 벌린 채 거기 서서 빤히 쳐다보며 손잡이만 만지작거리고 있어요. 엄마가 제 쪽을 보네요. 제가 그 두 사람 쪽을 보고 있는 것처럼요. 마치 엄마가 방금 잊어버린 질문에 대한 대답이 제 얼굴에 쓰여 있기라도 한 것처럼, 엄마의 눈길이 저를 향해 있다는 걸 알아차렸어요. 조냐라는 간호사가 와서 그 두 신사분을 도와주네요. 간호사가 장비들을 서로 분리해 주자 그들이 차례차례 계속 걸어갈 수 있게 되었어요.

이 요양원에는 안뜰이 있는데, 병동이 바깥쪽으로 있어서 복도로 안뜰 둘레를 도는 것이 가능하도록 설계되어 있어요. 커다란 창문 밖으로 아름드리 밤나무가 우뚝 솟아 있는 게 보여요. 창문 아래쪽에는 난간이 설치되어 있는데, 안정적으로 걸을 수 있게 도와주는 보행 보조기 없이도 이따금 운동하고 싶어 하고, 날마다 산책을 더 하고 싶어 하는 사람들을 위해 마련한 거래요. 워낙 많은 사람이 손으로 문지르고 다녀서 나무가 닳아서 반질반질하고 색깔도 어둡게 변해 있어요.

지금은 그 복도로 음식 운반용 금속 카트 여러 개를 우르르 밀어 옮기고 있어요. 그래서 저도 엄마와 식당으로 가고 있어요. 우리는 고급 실크 스카프를 어깨에 두른 어떤 여자 옆에 앉았어요. 테이블 맞은편에는 육중한 체구의 여자가 뜨개질을 하고 있어요. 세 번째 여자는 냅킨 가장자리를 잘근잘근 씹고 있어요. 조냐가 그녀의 뺨에 키스를 하며 슬며시 그 냅킨을 빼앗았어요. 그 냅킨은 축축하게 젖어 있었고 모서리는 이미 풀어져 있었어요. 테이블 위에는 소시지, 치즈, 오이, 토마토, 빵과 롤빵이 차려져 있는데, 예전에 우리 집에서 먹던 것과 거의 다름이 없어요.

"예전에 우리 집에서 먹던 것 같아요."라고 제가 말하자 엄마가 저를 쳐다보네요.

"엄만 뭘 드시고 싶어요?" 제가 물어보자 엄마가 "치즈."라고 대답해요. 그래서 제가 엄마에게 치즈 빵을 만들어 드리려고, 버터를 바르고 치즈를 얹은 다음, 위에 얹은 치즈 조각의 가장자리를 손가락으로 휘감고 빵을 두 조각으로 잘랐어요. 엄마는 한 손으로 턱을 괸 채 테이블 위를 보고 있어요. 제가 엄마에게 그 빵을 직접 건네주자 비로소 그걸 받아서 베어 물어요. 그러고는 접시 옆에 내려놓네요. 엄마에게 좀 더 드실 시간을 드리고 나서, 토마토를 네 조각으로 잘라 드렸지만 입에 대지도 않네요.

"우리 산책을 좀 더 할까요?" 제가 물어봤어요.

기름때가 많이 껴서 뿌연 안경 알 너머 엄마의 시선이 저에게로 향하기는 해요. 하지만 엄마는 마치 어딘가 다른 곳에, 엄마의 내면 어딘가에 있는 것 같아요. 엄마가 정신을 차리고 일어나게 하려고 한 손으로는 엄마 손을 잡고, 다른 손으로는 의자를 좀 뒤로 빼려고 했어요. 하지만 엄마가 거부하네요. 제가 잡은 손을 뿌리치며, 다른 손으로는 등받이를 잡은 제 손을 밀어내고 있어요.

"나한테 억지로 그러지 마." 엄마가 말해요.

그런데 제가 그렇게 몸을 숙이고 서 있을 때, 엄마 바지에 축축하게 젖은 얼룩이 번지는 게 보여요. 제가 조냐를 찾아서 엄마에게 곤란한 일이 생겼다고 알렸어요. 엄마한테 여태 한 번도 일어난 적이 없는 일이라 정말 생소하네요. 그러고 나서 제가 숨을 참고 엄마에게 뽀뽀를 해 줬어요. 엄마는 아직 식당에 앉아 있어요. 조냐가 "자, 부어스터 부인."이라고 부르며 엄마를 보살펴 주기 시작하니 마음이 한결 놓이네요.

흔적들

제가 엄마 아빠의 사진을 찍은 게 그 휴가 때였지요? 호텔 방 모습이 어땠었는지 기억을 떠올려 볼게요. 소파용 낮은 탁자에서 시작해서 그 공간을 짜 맞춰 볼 거예요. 그 탁자 위에는 꽃다발이 놓여 있고, 그 옆에서 아빠와 엄마가 서로 껴안고 있었어요. 그런데 그 휴가 때, 그 방에서 한밤중에 깨어 보니 아빠 엄마가 없었어요.

뭔가가 망가져 있고 유리가 산산조각이 나 있어요. 저는 일종의 벽감 같은 곳에 누워 있는데 거기서도 엄마 아빠의 더블베드가 보여요. 그런데 마치 아빠 엄마가 아예 이불 속에 들어간 적이 없었던 것처럼, 이불이 흐트러짐 하나 없이 너무 팽팽하게 각이 잡혀 있어요. 저는 이미 알고 있는 것을 확인하려고 엄마 아빠의 침대보를 마구 파헤쳤어요. 바람이 무척 세차게 불어서 비스듬히 열려 있는 창문을 마구 뒤흔들고 좁은 틈 사이로 윙윙거리고 있었어요. 전 울고 있고요. 호텔 방문을 열고 내다보는데 문이 제 뒤에서 쾅 닫히며 저를 긴 복도로 밀어내 버렸어요. 복도는 한쪽 면이 개방되어 있어요. 제 어깨높이의 난간 너머로 여러 층 아래에 호텔 입구가 보여요. 밤은 저에게 사납게, 거의 폭력적으로 굴고 있어요. 깃발들이 세차게 펄럭이며 깃대를 거칠게 때려 대고 철그렁철그렁, 덜컹덜컹 소리가 나요. 커다란 계단이 아래에 있는데 호텔로 이어져 있어요. 어떤 남자가 계단을 따라 달리며, 제 쪽을 올려다보고 저한테 뭐라고 소리치는데, 저는 알아듣지 못해요. 그 사람은 몹시 화가 난 것처럼 보이고 두 팔을 공중에서 휘휘 젓고 있어요. 제가 있는 복도에는 문이 여러 개 있고 끝에는 유리문 하나가 있어요. 그 유리문으로 어떤 남자가 나왔어요. 그 남자는 비교적 긴 검은 머리카락에 호리호리한 편이에요. 그 사람이 저를 향해 다가오는 걸 보는데 저 때문에 온다는 게 느껴졌어요.

그 사람이 하는 말도 저는 알아듣지 못해요. 제가 전혀 못 알아듣자, 제 쪽으로 몸을 숙이더니 미소 지으며 저에게 손을 내밀었어요. 저한테는 다른 선택지가 없었어요. 그래서 그 사람 손을 잡았는데, 따뜻했고 뼈대가 굵었어요. 그 사람을 따라 승강기를 타고 가서 차가운 바닥이 있는 커다란 공간을 통과해서 불이 환하게 켜져 있는 바 앞으로 갔어요. 거기에서 그 사람이 저를 뱅글뱅글 돌아가는 의자에 앉혀 줬어요. 제가 좀 돌아보려고 움직이자마자 환타가 나왔어요. 병에 꽂혀 있는 분홍색 빨대로 그 달콤한 음료수를 마셨어요.

그러고 나서 우리가 다시 호텔 방에 있는 장면이 떠올라요. 우리가 어떻게 그리 갔는지에 대한 기억은 나지 않아요. 거기서 그 남자가 저에게 어떤 책을 읽어 줬어요. 저는 그 사람이 노래하듯 읽어 주는 말투가 좋았는데, 혀를 끌끌 차기도 했고, 어두운 내용은 길게 끌기도 했어요. 원래 아빠 엄마가 자는 커다란 침대에 제가 누워 있는데, 아빠 쪽 자리에서 아빠 냄새가 나요. 저는 배를 깔고 엎드린 채 시트 위에서 얼굴을 옆으로 돌리고 있어요. 마구 파헤쳐져 있던 이불을 그 남자가 펼쳐서 저를 덮어 주고 쓰다듬어 매끄럽게 펴 줬어요. 침대 모서리에 앉아 있는 그 사람을 보니, 손이 제 얼굴에 아주 가까이에 있는데, 새끼손가락이 이따금 움찔거려요. 그리고 저는 그 사람이 하는 말에 마법에 홀린 듯 귀를 기울이고 있어요. 그 사람은 자물쇠에서 열쇠가 딸깍하는 소리가 들리고 아빠 엄마가 문을 열고 들어올 때까지 제 곁에 있어 줬어요. 어느새 창밖에는 동이 트기 시작했어요. 아빠 엄마는 부끄러워하며 횡설수설하고 있어요, 아빠가 그 남자에게 돈을 주려고 하자, 그 남자는 한 걸음 뒤로 물러서며 손사래를 쳤지만 결국은 받았어요.

저는 잊고 싶지 않아요. 제 아이를 위해서요. 영원히 존재하는 것은 없다는 것을요. 지금 있는 모든 것이 나중엔 절대 그렇지 못하다는 것을요. 아빠 엄마는 떠나는 중이에요. 이제 영원히. 저는 아빠 엄마를 잃고 있어요. 계속해서 처음으로요. 저는 그걸 이미 알고 있어요. 그렇다고 그게 오늘 더 쉬워지는 건 아니에요. 더 간단해지지도 않고요.

제가 아이를 유치원에 데려다주고 나와서 문을 닫자, 문 너머로 유치원 안에서 아이가 우는 소리가 들려왔어요. 그래서 제가 차마 발걸음을 떼지 못하자 다른 아이 엄마가 저에게 "이따 다시 올 거니까 괜찮아요."라고 말했어요.

그때 저는 "하지만 아이는 그런 것까지 미리 생각할 마음의 여유가 없어요."라고 말했어야 했어요.

저도 어릴 때 잊지는 않았었어요. 그러나 이해하지 못했었어요.

이것도 마찬가지로 그 휴가 때, 그 침대였던가요? 아니, 이건 다른 휴가 때네요. 제가 누워 있는 침대는 다르게 놓여 있어요. 맞은편에 문이 열려 있는데 거기가 욕실이에요. 아빠 엄마가 저를 위해 거기에 불을 켜 놓고 문을 약간 열어 둬서, 빛이 침대 앞 카펫에 사다리꼴 모양으로 비치고 있어요. 심란하게도 저는 아빠 엄마가 호텔 어딘가에 갔다는 것을 알고 있어요. 그리고 제가 아빠 엄마를 절대 찾지 못할 거라는 것도 분명히 알고 있어요. 저는 너무 어려서 그 호텔의 공간 구조를 파악하지 못하고 있어요. 그래서 저는 욕실 맞은편 침대에 달랑 하얀 시트 하나만 덮고 누운 채 울고 있어요. 저는 그 시트를 걷어찼다가 다시 끌어당겼어요. 그러고 나니 엄마가 왔어요. 엄마가 욕실에 들어가서 립스틱을 뚜렷하게 덧바르고 나서 입술을 꼭 다물어 누르는 게 보여요.

엄마가 말해요. "우린 그냥 호텔 아래에 내려가서 쇼만 구경하고 올거야."

엄마가 제 침대 앞에 앉아서 제 팔을 쓰다듬어요. "울면 안 돼. 우린 멀리 가지 않아. 다른 아이들은 지금도 자고 있어."

엄마가 저에게 뽀뽀하고 나서 일어서서 나가고, 문이 다시 철커덕 하고 잠겨요. 저는 그 시간 내내 울었어요.

이 휴가 때 이 침대에서 찍힌 제 사진이 한 장 있어요. 저는 햇볕에 그을려 검게 탔고, 머리카락은 태양과 소금물에 밝게 탈색되어 있네요. 저는 하얀 러닝셔츠와 하얀 반바지만 입고 거기에 누워서 웃고 있어요. 정말 예쁘고 행복하게 웃고 있어요.

「블레이드 러너」에 나오는 복제 인간 사냥꾼 데커드가 자신의 어린 시절 사진들을 살펴봐요. 레이철과의 만남으로 그는 당황스러워졌고, 의심이 자라났어요. 에스퍼 사진 분석기라고 불리는 기계로 그가 사진 중 하나를 확대하자, 기계가 삑삑거리고 철컥거리더니 화면에 선택된 부분이 나타나요. 그 사진 속 거울에서 데커드는 비늘 모양 구조들을 발견해요. 그건 복제 인간이라는 걸 보여 주는 거예요. 사진 속에서 훨씬 더 깊게 거의 대상의 뒤에 숨겨져 있는 것처럼 잠자고 있는 한 여자가 보이는데, 그 여자의 피부도 확대해 보니 구조가 거칠어요.

저는 제가 아이를 뒤에 남겨 됐는데 아이에게로 돌아가는 길이 차단되어 있거나, 제가 믿고 아이를 맡긴 사람들이 제 아이에게 주의를 기울이지 않는 꿈을 이따금 꿔요. 제가 왜, 왜 집을 나섰을까 골똘히 생각해 봐요. 그러다가 깨고 나면, 아주 평범한 이유였다는 걸 알게 돼요. 시간을 아끼려고 그런 거예요. 아직 잠이 덜 깨어 비몽사몽일 때, 저는 엄마도 그런 생각을 했음이 틀림없다는 게 느껴져요. 그게 효율적이라고 생각했겠죠. 제가 자는 동안에 장을 보러 가는 것이, 얼른 장을 보고 오는 것이 아주 효율적이니까요.

제가 잠에서 깨어 보니 거실 바닥에 누워 있어요. 고개를 뒤로 젖히면 관상용 화초의 둥근 잎들이 보이는데, 저는 그 아래에 누워 있는 걸 좋아했어요. 거기가 아늑하니까요. 엄마가 없네요. 저는 엄마를 찾으려고 이리저리 뛰어다니고 있어요. 엄마가 없으면, 모든 게 활기가 없고 무서워요. 저는 울면서 계단실로 가요. 저는 어떤 공간에 아빠 엄마가 없으면 항상 거길 떠나요. 고양이가 휙 지나갔어요. 앞집 아주머니가 계단실로 오더니 문 앞에 놓는 깔개로 고양이를 위협해서 다시 집으로 쫓아 들여보냈어요. 엄마가 양손 가득 장바구니를 들고 다시 올 때까지 그 아주머니가 제 곁에 있어 줬어요.

저를 도와주는 건 항상 낯선 사람들이에요. 전화로도 마찬가지예요. 언젠가 제가 할머니께 전화를 걸었어요. 집에 혼자 있었거든요. 할머니 전화번호는 전화기 옆에 놓여 있었어요. 엄마가 거기에 적어 뒀거든요. 하지만 제가 전화번호를 잘못 누르는 바람에 딴 데가 나와서 울었더니, 전화를 받은 어떤 여자가 저를 달래 줬어요.

언젠가 한번은 엄마가 저에게 시계를 그려 줬어요. 그림 시계가 진짜 시계처럼 보일 때, 그때 엄마가 돌아온다면서요. 저는 그 앞에, 탁자 앞에, 시계 그림과 진짜 시계를 제 앞에 두고 앉아 있어요. 큰 바늘이 마침내 위에 도달하자 울기 시작해요. 엄마가 오지 않으니까요. 그 바늘이 그림에서처럼 위에 있는데도, 그리고 위를 지나서 이미 다시 아래로 움직이고 있는데도 오지 않으니까요. 저는 작은 바늘은 거들떠보지도 않았어요. 그건 아직 8에 있었어요. 9에 있지 않았어요. 엄마가 다녀와서야 저에게 그걸 설명해 줬어요. 한 시간 후라고요.

어렸을 때 잠에서 깨면 항상 추웠어요. 그래서 이불을 덮지 않고 자려고 했어요. 그렇게 하면 추위에 적응할 수 있다고 믿었거든요.

"누구나 아침엔 추워."라고 엄마가 말했어요.

훨씬 나중에야 비로소 저는 그 말이 틀렸다는 걸 알게 되었어요. 침대 속에서 따뜻할 수도 있다는 걸요. 훨씬 나중에야 비로소 저는 사람은 추위에 적응할 수 없다는 걸 알게 되었어요. 그리고 또 아주 훨씬 나중에 엄마가 저에게 사방 2미터 크기의 거위 털 이불을 생일 선물로 줬어요. 그건 엄마에게 받은 가장 아름다운 선물 중 하나예요. 저는 지금도 그걸 덮고 아이에게도 덮어 줘요.

"엄마 곧 죽어요?" 아이가 저한테 물어요.

"아니. 난 아주 오래오래 살 거야. 그때 넌 이미 다 커서 아이도 있을걸."

"진짜요?"

저는 제 아이를 혼자 두지 않아요. 그런데도 아이의 태도에 상실이 각인되어 있어요. 아이는 오나가나 어디든 저를 졸졸 따라다녀요. 제가 화장실에 들어가면 놀던 것도 그만두고 화장실로 따라 들어와서 거기서 계속 놀아요. 제 욕실 가운의 허리띠를 붙잡고 있기도 해요. 아침엔 침대에서 저를 꽉 붙잡고 있어요. 마치 제가 부엌으로 가서 뮤즐리를 만들지 않고 오히려 집을 떠나기라도 할 것처럼요. 제가 물에 들어가서 수영하려고 팔을 몇 번 휘저으면, 아이는 벌써 물가에 서서 절망적인 표정으로 울기 시작해요.

프랑스의 사회학자이자 작가인 디디에 에리봉(Didier Eribon)은 "사람들이 어린 시절에 겪었던 일의 흔적들이 곧 사회화된 방법이다."라고 썼어요. 저는 거기에다가 보충해서 이렇게 말해요. "그것들은 성인 나이에도 계속 영향을 미친다. 생활 환경이 아주 달라졌을 때조차도."[5] 이 흔적들을 지우는 것을, 이런 고통을 피하는 것을 목표로 행동할지라도, 어쩌면 바로 그래서 그 통증이 들것에서도 꿈속에서도 계속 전해지는 거예요.

엄마의 어린 시절은 엄마의 질병과 함께 사라지고 있어요. 감정적으로는 확실하게 엄마의 내면에 고정되어 있지만, 엄마는 그걸 더는 이야기할 수도, 통찰할 수도 없어요. 제 기억엔 단지 개별적인 단편들만 남아 있어요. 전에 들은 이야기들인 거죠. 예를 들어 제가 할매라고 부르는 아넬리제 할머니가 들려주신 이야기도 있어요. 할매는 엄마를 공습 경보 때 낳으셨대요. 그래서 허벅지 안쪽에서 피를 흘리며, 품에 엄마를 안고 병원의 지하 방공호로 통하는 계단을 내려가셨대요. 의사와 간호사 모두 이미 앞서갔고, 할매는 울고 있는 아기를 이불로 감싸 안고 천천히 마지막으로 그리로 갔대요. 이웃집에 떨어진 폭탄에 관해서도 할매가 저한테 들려줘서 알고 있어요. 그건 1944년 슈투트가르트 공습 때 있었던 일이라니까, 엄마는 아직 돌도 채 되지 않았을 때였지요. 엄마는 그로 인해 놀라 말문이 막혀서 이미 낼 줄 알던 몇 마디 소리만 냈을 뿐 몇 년 동안이나 말을 배우지 못했대요.

제가 어렸을 때 엄마에게 들어서 알고 있는 이야기는, 엄마가 그때의 제 나이랑 같은 나이에 겪은 이야기라고 했어요. 할매가 어린 자녀 다섯의 눈앞에서 초콜릿 한 판을 단 한 조각도 떼어 주지 않고 혼자 남김없이 싹 먹어 치웠댔어요. 할매는 그때 식탁 앞에 앉아 있었는데, 검은 초콜릿 판에서 막대 모양으로 꺾어서 뗄 때마다 포장이 바스락거렸는데, 그 앞에 아이들이 서 있었대요. 엄마와 엄마의 형제자매들이요. "마지막 한 조각이 남아 있을 때까지도 우리는 침을 삼키며 기다렸어."라고 당시에 엄마가 저에게 말해 줬어요.

엄마의 엄지손가락 하나는 심하게 변형되어 있어요. 하도 많이 빨아서 끝이 둥근 지붕처럼 뭉툭해요. 그리고 발가락엔 동상에 걸렸던 후유증이 남아 있어요. 제가 어렸을 때 온 가족이 아버 봉우리에 있는 스키장에 간 적이 있었어요. 낮 동안에 스키장에서 놀다가 아빠가 차에 우리 장비를 싣고 펜션으로 먼저 가자, 엄마와 저는 산책할 겸 숲을 통과해서 집까지 걸어왔지요. 저녁에 엄마가 샤워를 끝내고 나와서 발의 물기를 닦는데 거칠고 울긋불긋한 자리가 보였어요. 통증이 있는 부위들을 수건으로 조심스럽게 톡톡 두드려 닦고 있는 엄마의 모습을 보며 안타까워했던 기억이 나네요. 엄마한테 그런 동상 후유증이 생긴 건, 엄마가 어렸을 때 얇은 가죽구두를 신고 슈투트가르트의 카를클로스 거리부터 플리닝엔에 있는 알베르트 삼촌네까지* 걸어가야 했기 때문이래요. 그것도 겨울에요. 그리고 다시 걸어서 되돌아왔대요.

엄마는 그저 할머니한테서 벗어나려고 아무 남자하고 결혼해 버렸다고 언젠가 저에게 말해 준 적이 있어요. 물론 그 아무 남자가 아빠는 아니었대요. 엄마가 아빠하고는 정말 이 사람이다 싶어서 결혼하기로 한 거라고 했어요, 아빠.

---

* 대략 7.1킬로미터.

3.

아빠와 엄마의 첫 만남

저는 거리로 나가서 자전거를 타고 또다시 병원으로 돌아가요. 그 길을 따라 반대쪽 끝까지요. 하지만 일단 병원 앞 잔디밭에 앉았어요. 아까 그 비키니를 입은 여자아이는 아직도 거기 마른 풀밭에 누워 있네요. 저는 아빠가 일어설 수만 있다면 저를 볼 수도 있을 만한 위치에 자리 잡고 앉았어요. 기분 전환을 하려고 전화기를 들여다보다가, 누군가가 아빠 엄마의 서랍장을 사고 싶어 한다는 메시지를 읽었어요. 그 서랍장은 아빠 엄마의 집을 처분할 때 제가 처분하지 않으려고 했던 몇 안 되는 가구 중 하나예요. 그건 꽤 오랫동안 손님방에 있었죠. 제가 항상 거기서 잤기 때문에 너도밤나무 나뭇결이 저에겐 아주 익숙해요. 하지만 요양원에 있는 아빠 엄마의 방에는 그 서랍장이 맞지 않았어요. 그래서 그 서랍장을 제 집으로 가져 왔지요. 그런데 그게 방 한가운데에 떡하니 자리를 차지하고 바로 옆에 겨우 책상이 놓여 있고 그 바로 앞에 침대가 있다 보니 제 방에도 전혀 어울리지 않았어요.

저녁에 그 서랍장을 비우다가 맨 아래 서랍의 서류철 두 개 사이에서 가족관계 증명서를 발견했어요. 그건 밝은색 가죽 표지에 슈투트가르트 문장이 금박으로 찍혀 있어요. 아빠 엄마의 이름과 생년월일이 거기에 쓰여 있어요. 아빠의 직업: 프로그래머. 엄마의 직업: 보험 설계사. 아빠와 엄마는 슈투트가르트보험사에서 서로 알게 되었죠. 일터에서 사귀다니, 아주 고전적인 만남이었네요. 다음 서류는 혼인 증명서예요. 아빠 엄마는 단지 서류상으로만 결혼한 상태군요. 교회 혼례 칸은 비어 있네요. 아마도 엄마가 이미 한 번 결혼한 적이 있어서 그랬나 봐요. 이미 기록되어 있으니까요. 수입 인지들도 붙어 있고 서류 정리가 되어 있지요. 1970년 6월 19일에 아빠와 엄마가 결혼했다고 주민 센터 직원인 참관인이 서식 용지에 타자기로 작성해 넣었네요.

저는 엄지손가락의 거스러미를 물어뜯으며 생각했어요. '아빠 엄마는 올해가 결혼 50주년이네. 그런데 기념일이 슬그머니 지나가 버렸구나.'라고요. 엄마는 그걸 아예 생각도 못 했겠죠, 엄마는 이제 날짜와 연도를 구분하지 못하니까요. 아빠는 왜 못 하셨어요? 저도 못 했어요. 전 아빠 엄마의 결혼 날짜를 아예 몰랐어요. 그건 그렇고 제가 주민 등본에서 바로 다음에 기록되어 있네요. '최초의 공동의 아이'라고요. 그러니까 아빠 엄마의 최초이자 유일한 공동의 아이도 2020년 6월 19일을 생각하지 못했군요. 달력을 보니 그날은 금요일이었네요. 아마 그날 저는 아빠 엄마를 방문했을 거고, 우리는 요양원 정원에 함께 앉아 있었을 거예요. 제가 그때 아빠 엄마에게 꽃을 가져다줄 수 있었다면 좋았을 텐데요. 제가 아빠 엄마에게 기억을 상기해 줬을 수도 있었을 거예요. 그날 어땠냐고 물어볼 수도 있었겠지요. 아니면 나중에 게르트와 이름가르트, 비르기트와 하인츠와 함께 갔던 디스코텍에선 어땠는지 물어볼 수도 있었겠지요. 아빠 엄마가 디스코텍에 갔었다는 걸 제가 아빠 엄마로부터 들어서 알고 있거든요. 나중엔 저도 그 디스코텍에 갔었어요. 이름이 록시였죠. 아니면 뮤직랜드였나요? 그 거리를 다시 찾아가고 싶어요, 그 입구도요.

제가 거기 계단을 내려가는 상상을 하고 있어요. 시끄럽고 숨 막히는 그 공간으로 계속 쑥 들어가요. 댄스 플로어에 있는 아빠 엄마가 보여요. 아빠 엄마는 평범한 디스코텍에서 밤을 보내기에는 너무 멋있어요. 아빠 엄마가 마침 서로 키스를 하고 있어요. 그래서 저는 계단에 멈춰 서서 두 분을 바라보고 있어요. 엄마는 짧은 크림색 원피스와 거기에 어울리는 재킷을 입고 있고, 한 손에는 윤이 나는 밝은색 가죽 장갑을 들고 있어요. 엄마는 사진관에서 엄마의 균형 잡힌 얼굴을 아주 아름답게 돋보이게 해 줬던 올림머리를 풀어 헤치더니, 살랑살랑 흔들며 춤을 추고 있어요. 춤추며 웃고 있어요. 아빠가 재킷을 벗고 넥타이를 느슨하게 했어요. 검은 구레나룻에 커다란 안경을 쓴 아빠는 눈에 확 띄어요. 아빠가 엄마에게 춤을 청하고는 엄마 주위를 돌며, 엄마를 감탄의 눈길로 바라봐요. 엄마는 아빠의 관심을 흠뻑 받고 있어요.

아빠 엄마는 아름다운 커플이었어요. 파티나 여행에 즐겁게 참여하고, 늘 많은 친구 무리에 둘러싸여 있었어요. 아빠 엄마는 제가 태어나기 전에 둘이서, 제가 보기엔 충만한 시간을 꽤 오래 가졌던 것 같아요. 엄마가 두 번이나 임신했었지만 잘 안 되었지요. 제가 아빠에게 유산에 관한 말을 꺼내면 아빠 얼굴에 금세 어두운 그림자가 깃들어요. 아빠 엄마는 슈투트가르트에서 작은 옥탑방에 살았다고 하셨죠. 보험사 바로 위에, 본래는 건물 관리인의 숙소로 쓰이는 곳에서요. 퇴근 후에는 많은 동료가 또 아빠와 엄마에게로 오곤 했었다죠. 제가 태어나자 아빠가 커다란 채소 스튜를 불에 얹어 놓고 친구들을 초대했고, 아빠와 엄마는 축하하며 밤새도록 춤을 췄다지요. 아빠 엄마의 친구들과 그들의 아이들과 함께 우리는 자전거 여행도 다녔어요. 예를 들면 2박 3일로 보덴 호숫가에 가기도 했지요. 아빠 엄마는 나중에 런던, 프라하, 빈 등의 도시 여행도 다녔는데 제가 사는 베를린에도 오셨었지요.

제가 질문을 너무 조심스러운 내용으로만 구성한 건 아닌지 모르겠어요. 가령 아빠와 엄마가 앞으로도 계속 여생을 함께 하고 싶은지 여쭤볼 걸 그랬나 봐요. 두 분은 50년 동안 결혼 생활을 유지해 오고 계시니까, 두 분 인생의 3분의 2를 함께 살고 계신 거잖아요. 최근 2년 동안엔 요양원에서요. 그리고 아빠는 어느 날 저녁에 병원으로 이송되셨고요.

4.

완화 의료진과 상담하는 아빠

저는 윙윙, 퓽퓽, 삑삑거리는 소리가 나는 곳을 지나가고 있어요. 그런 소리가 이 병동 사방에서 들려와요. 아빠의 방은 멀리서부터 들여다보여요. 복도의 맨 끝에 있거든요. 아빠가 다리를 이리저리 격렬하게 버둥거려서, 침대 시트가 위아래로 펄럭거리고 있네요. 제가 발걸음을 재촉하고 있어요. 아빠가 옆으로 돌아누우려고 애쓰고 있네요. 여전히 가운을 걸치고 있어서 아빠의 우람한 등과 벌거벗은 엉덩이가 보여요. 모니터에 심장 박동 리듬이 나타나 있어요.

"아빠." 제가 아빠를 부르며 아빠의 시야 안으로 들어서요. 아빠의 시선이 불안하게 두리번거리며 어찌할 바를 모르는 것 같아서 걱정되네요. 그때 아빠가 침대에서 벌떡 일어나요.

"가자." 아빠가 말했어요, 어눌한 말투로요. 아빠는 오른손으로 가슴을 붙잡고 있어요. 주머니가 있을 만한 자리, 담배가 꽂혀 있을 만한 자리를요. 모니터가 큰 소리로 삑삑거려요. 아빠는 시끄러운 소리가 어디에서 나는지 알아내려고 천천히 돌아눕다가 아빠에게 각종 튜브와 전선과 기계가 연결되어 있다는 것을 의식하게 되었나 봐요. 우선 마구 잡아당기려고 하는데, 몸이 마음대로 움직여지지 않나 봐요. 무척이나 애를 쓰더니 결국은 손가락에서 집게를 잡아 뺐어요. 그러자 삐이 하는 소리가 길게 이어져요.

"아빠, 그냥 두세요." 제가 아빠를 말렸어요.

모니터의 모든 선이 파닥거리는데 하나는 직선이 되었어요. 아빠가 손으로 자신의 얼굴을 더듬어 보다가 산소 공급용 콧줄을 발견하고는 잡아당겨 코에서 빼 버려서, 튜브가 귀에 걸린 채 이리저리 흔들리고 있어요. 아빠는 자신을 괴롭게 하는 게 뭔지도 이해하지 못하고, 그걸 풀면 안 된다는 것도 몰라서 머리 옆 허공에 손을 뻗어 잡으려고 하고 있어요.

"그건 안에 꽂혀 있어야 해요." 제가 아빠 손을 붙잡으려고 했지만 아빠가 저를 뿌리쳤어요. 아빠가 정맥관을 발견했어요. 아빠는 인지하는 건 느리지만 행동은 고집스럽게 지속해요. 아빠가 튜브로 혈관 주사 장치를 감으려고 해요. 주삿바늘이 반창고와 피부 아래에서 움직이더니 피가 흘러나오는 게 보여요. 저는 다시 아빠 손을 붙잡았어요.

"가자." 아빠가 또다시 말했어요. 아빠가 일어나려고 하자 주삿바늘이 손에 훨씬 더 깊이 밀려 들어갔어요.

그래서 제가 필사적으로 말했어요. "아빠, 여긴 집중 치료실이에요."

"캐나다가 아니고?" 아빠가 어리둥절해서는 저를 바라보며 물어

보네요. 저는 도움을 청하려고 문 쪽을 쳐다보고 있어요.

어떤 간호사가 들어와요. 들어오자마자 모니터부터 살펴봐요. 모니터에선 삐삐삐삐 신경을 건드리는 소리가 나고 있고, 여러 변수가 정신없이 움직이고 있어요. 간호사가 어떤 스위치를 눌렀어요.

"이걸 더 조용하게 할 수는 없나요?" 제가 물어봤어요.

"안 됩니다." 간호사가 대답해요.

그때 의사가 도착했어요.

미셸 푸코(Michel Foucault)는 『다른 장소들(Andere Orte)』에서 실제로 존재하되 다른 규칙들이 지배하는 장소들을 묘사하고는 그것들을 헤테로토피아라고 불러요. 사회적 규범에 벗어나게 처신하는 사람들은 위기의 헤테로토피아나 일탈의 헤테로토피아에서 발견될 수 있대요. 병원이 거기에 속하는데 정신 병원이나 양로원도 그렇대요. 푸코에 따르면 "고령은 하나의 위기이기도 하지만, 또한 일탈이기도 하기 때문"[6]이래요. 이런 다른 장소들에 특징적인 것은 쉽사리 들어갈 수 없다는 거예요. 들어가도록 강요받거나 허락을 받아야만, 즉 "어떤 행위들이 실시됨으로써"[7] 들어갈 수 있어요. 저는 지금 떨리는 손에 차가운 콜라를 들고 다시 돌아와서 집중 치료실로 들어가는 갑문 앞에 서 있어요. 벨을 울리고 기다리고 있어요, 그런데 아무도 대답하지 않아서 저는 1분에 한 번씩 단추를 새로 누르기로 했어요. 시간을 전화기로 확인하고, 분을 나타내는 숫자가 바뀌자마자 다시 벨을 눌러요. 세 번을 그렇게 했는데도 아무 기별이 없어서 간격을 단축했더니 마침내 자동문이 열렸어요.

"기다리세요." 어떤 여자가 그렇게 말했지만, 저는 아빠가 소리 지르는 게 들려서, 불안해서 소리 지르는 게 들려서 그 부탁을 무시했어요.

기계들이 아빠 몸에 전기 쇼크를 보내자 아빠가 두 다리를 마구 휘저어요. 두 팔도요. 그런데도 아빠의 움직임이 통제되지 않고, 아빠는 지금까지보다 더 격렬하게, 몸에서 튜브와 전선을 죄다 잡아 빼고 일어나려고 하네요. 의사와 간호사가 아빠 몸을 꽉 붙잡고 두 손을 붙들고 있어요. 저는 처음엔 왜 그러는지 전혀 이해하지 못했다가, 침대 옆 기둥에 벨크로로 만들어진 수갑이 고정되어 있는 것을 보고서야 이해했어요. 두 사람이 아빠의 양쪽 손목을 누르고 있어요. 의사가 팔로 아빠의 상체를 침대로 꽉 누르네요. 두 사람이 무척 애쓰고 있는 게 보여요. 벨크로 수갑을 채우는 동안 아빠의 두 손을 그 자리에 붙잡고 있으려면 그래야 해요. 이제 아빠가 움직일 수 있는 반경은 고작 몇 센티미터예요. 아빠가 아주 강하게 잡아당기고 뒤흔들고 있어서, 벨크로 수갑 주위의 피부가 즉시 하얘졌어요. 아빠는 저항하느라 버둥거리고 있고 얼굴은 일그러져 있어요.

"아빠가 모르핀 주사를 맞게 되나요?" 의사가 서둘러 기록을 뒤적거리더니 진통제를 깜빡했다는 게 눈에 띄었나 봐요. 간호사가 한 개 가져왔어요. 그러자 의사가 아빠에게 주사를 한 대 더 놔 줬어요.

"니코틴은요?" 제가 또 물어봤어요. 그러자 간호사가 또 다른 진통제를 가져왔어요. 기록에 간호사가 '정신 착란'이라고 적었어요. 그게 지금 아빠의 상태예요. 제가 나중에 슬그머니 덧붙여 써 넣었어요. '금단 증상'과 '불안'이라고요. 전 결국 그 둘 다라는 걸 알고 있거든요.

아빠는 혼수상태에 빠져서 온종일 깨어나지 못하고 있어요. 딱 한 번 눈을 떴을 때 아빠는 멍하니 허공을 향해 적도를 이미 넘어갔냐고 물었어요. 제가 아빠의 머리카락이 자라기 시작하는 부분에 손을 얹고 모르겠다고 대답했어요. 그러자 아빠는 다시 잠으로 빠져들었어요.

다음 날에도 그 상태가 계속되고 있어요. 기록을 보니 아빠가 밤중에 또다시 난동을 부렸군요. 아빠는 눈이 몽롱한 상태로 손발을 버둥거리며 침대에서 시끄러운 소리를 내고 있어요. 그런 아빠가 저에겐 속수무책으로 보여요. 아빠는 마취된 채 침대에 누워 있거나 묶여 있어요. 아빠에게 가기가 두려워요. 아빠의 그런 모습을 보는 게 힘들어요. 전 환자들을 아직도 묶어 놓는 줄 몰랐어요. 그게 잘못된 거라고 느껴요, 근본적으로는요. 그러나 저도 달리 어쩔 도리가 없네요. 아빠가 정신 착란을 보인 지 겨우 이틀째 되던 날에, 의사가 아빠 침대로 왔을 때 제가 울었어요. 아니, 우는 정도를 넘어서서 울부짖었어요. 이걸 그만두지 않으면 절대 다시 오지 않을 거라고, 부모님 한 분이 제정신이 아닌 것도 버거운데 남은 한 분마저 그러면 못 견디겠다고, 여기에서 무슨 일이 일어나고 있는 건지 도무지 이해가 안 된다고 울부짖었어요. 제 입에서 "젠장."이라는 말이 상당히 자주 튀어나왔어요. 그러자 아빠가 당황스럽고 불안한 눈길로 저를 쳐다보는 걸 보니, 그게 상태를 훨씬 더 나쁘게 만들었나 봐요. 병원에서 나와서 란트베어 운하* 강변에 앉아 있는데, 유치원에서 알게 된 어떤 아이 아빠가 자전거를 타고 지나가는 게 보였어요. 그제야 정신이 들면서 아이를 데리러 가야 한다는 걸 깨달았어요.

"완화 의료진과 상담을 하고 싶습니다." 다음 날 아침에 의사 선생님께 말씀드렸어요.

"종양학 전문의를 말씀하시는 거죠." 의사도 그러는 게 좋겠다고 하네요.

오후에 화려한 꽃무늬 원피스를 입은 어떤 여자가 방으로 들어왔어요. 커다란 핸드백을 든 여자는 곧장 아빠에게로 걸어가네요.

"안녕하세요? 저는 이 병원의 정신과 의사입니다." 의사가 인사하며 아빠에게 가슴에 붙인 명찰을 내밀어요. 그러려고 아빠에게로 몸을 굽히길래 제가 의자를 뒤로 조금 빼 줬어요.

"어떻게 지내세요?" 의사가 물어요.

"안 좋아요." 아빠가 대답해요.

"왜 안 좋아요?"

아빠가 맥 빠진 눈길로 의사를 보네요. 저도 의사를 쳐다봤어

---

* 베를린 시내를 흐르는 운하.

요. 모니터에서 뾰족한 끝 하나가 다른 것들보다 더 격렬하게 뛰고 있어요. 그러나 저는 맥박이 더 오래 불규칙하게 뛰어야 비로소 그 기계가 삑삑거린다는 걸 이미 알고 있어요.

"달을, 1년의 달을 거꾸로 세어 나갈 수 있으세요?" 의사가 물어요.

아빠가 시도하는데, 어려운가 봐요. 무척 애를 쓰다 보니 사이사이에 숨이 가빠지기도 하네요. 그런데도 10월과 3월은 빼먹었어요.

"아주 잘하셨어요."

의사가 저에게는 이렇게 말해요. "여기에 따님 사진들을 가져다 놓은 건 아주 잘하신 거예요."

그리고 나서 의사는 곧바로 황급히 뛰쳐나갔어요.

한계들

겨울 방학에 우리는 스키를 타러 바이에른 숲에 있는 클로츠 펜션으로 갔었지요. 저녁에 클로츠 부인이 제게 팬케이크를 만들어 줬는데, 둥근 지붕처럼 가운데가 볼록 솟아 있어서 거기에 마법의 수수께끼가 깃들어 있는 것만 같았어요. 엄마의 팬케이크는 납작하잖아요. 클로츠 부인은 금요일에 아빠 엄마가 생선을 먹을 때면 저를 위해 팬케이크를 따로 만들어 줬어요. 제가 포크로 팬케이크를 찌르면 봉긋했던 게 서서히 내려앉아요. 식사 후에 우리는 모노폴리 게

임을 했지요. 그리고 저도 저녁 뉴스를 함께 보게 해 주셨어요.

한번은 휴가 때 제가 아빠 엄마의 방으로 불쑥 들어갔었어요. 그 순간 두 분은 침대 이불 속에서 서로에게 열중하고 있다가 놀라서 확 떨어졌어요. 저는 테이블 앞에 앉아서 정면을 멀뚱멀뚱 쳐다보고 있었고요. 제가 다시 방에서 나가는 게 우리 모두에게 가장 간단한 해결책이라는 걸 알면서도 일어날 수가 없었어요. 또 아빠 엄마가 거기에서 하고 있던 걸 즉각 그만두길 마음속에서 원하기 때문에도 저는 그냥 거기 머물렀어요. 그리고 기다렸어요. 그러자 엄마가 이불 속에서 낑낑거리며 옷을 입고 욕실로 갔어요.

작가이자 사진가인 에르베 기베르(Hervé Guibert)는 책『나의 부모님(Meine Eltern)』에서 자신의 어린 시절, 즉 1960년대 파리에서의 성장 과정을 묘사하고 있어요. 그중에는 기베르가 어느 날 학교에서 평소보다 일찍 집에 왔던 때의 장면이 있어요. 부모님이 집 안에 있는데도 문이 잠겨 있어서 기베르는 짜증이 났대요. 그리고 부모님이 몹시 당황스러워하며 문을 열어 줬대요. 그런데 기베르가 부엌에서 귤을 까먹고 껍질을 쓰레기통에 버리다가 그 안에서 끈적끈적한 우윳빛 작은 봉지 하나를 발견했어요. 기베르가 콘돔을 손으로 집어 들어요. "조금 전까지만 해도 나의 아버지는 내가 그 무엇보다 사랑했던 인간이었다. 그런데 불과 몇 초 만에, 내가 이걸 더듬어 찾아낸 순간에 아버지는 내가 가장 싫어하는 인간이 되어 버렸다."[8]라고 그가 썼어요.

한번은 우리가 눈싸움을 하며 놀고 있었어요, 아빠랑 저랑요.

제가 아빠에게로 막 달려갔어요. 천진난만하게 마음이 들뜨고 우쭐해져서, 아마 눈으로 아빠를 문지르려고 했던 것 같아요. 그러다가 아빠가 뒤로 넘어졌는데 저도 아빠 위로 넘어졌어요. 아빠가 저를 잡아당겼기 때문이에요. 그래서 제 몸이 바로 아빠 몸 위에 포개졌어요. 그게 저는 몹시 불쾌했어요. 왜냐하면 그때 우리 사이에는 경계가 하나 있었기 때문이에요. 전 그것에 관해 그때까지는 아무것도 몰랐어요. 그건 신체적인 경계였는데, 아빠의 동의로, 심지어 아빠의 요구로 제가 넘어간 거예요. 그 경계를 넘어선 것이 혐오와 수치심을 불러일으켰어요. 저는 그 휴가 기간 내내 아빠의 눈을 더는 똑바로 볼 수가 없었어요.

위대한 츠비블러의 시대는 이제 지나갔어요. 위대한 츠비블러, 바로 아빠예요. 위대한 츠비블러를 위해 제가 위를 보고 누워서, 그를 도발해요. 아빠가 두 팔을 앞으로 뻗고 손가락들을 움직여요. 그리고 천천히 저를 향해 다가와요. 저는 벌떡 일어나서 웃으며 달아나는 것으로 충분해요. 단지 다시 돌아와서 아빠를 제압하고 자극하기 위해서라면, 단지 위대한 츠비블러가 원기를 되찾고, 두 팔을 뻗고, 저를 뒤따라 달리도록 하기 위해서라면. 제가 어렸을 땐, 아빠가 제 방 안으로 두 팔을 뻗는 걸 보기만 해도 꺅 소리를 질렀어요. 기베르는 "내가 그 후로 아버지에게 키스하는 걸 왜 완강하게 거부했는지 아버지가 이해할 수 있을지, 나는 모르겠다."[9]라고 썼어요.

수십 년이 지난 후에, 아빠가 침대에 누워 있는데 그게 이젠 임종의 자리가 되어 버렸네요. 아빠는 커다란 베개에 작은 베개하나를 더 얹어서 베고 누워 있어요. 아빠가 바이에른 숲에 관한 꿈을 꿨다고 저에게 이야기하네요. 아빠와 제가 끝없이 펼쳐진 설경을 달려갔대요, 발이 푹푹 빠져서 걷기 힘든 길이었는데, 아마 클로츠 펜션을 찾는 중이었나 봐요. 우린 몇 시간이나 눈 속에서 헤맸대요. 지평선과 하늘을 구분할 수 없을 정도로 사방이 온통 하얗기만 했기 때문이래요. 친할머니가 우리 앞을 급히 지나갔대요. 빠른 걸음으로, 눈이 잔뜩 쌓였는데도요. 아빠의 장화는 계속 눈에 푹푹 빠지고 있었대요.

"할머니께 여쭤 보면 되겠다."라고 아빠가 말했대요. 하지만 할머니는 우리가 매우 가까이 다가갔음에도 불구하고 우리 말은 듣지도 않고 어딘가로 부지런히 걸어갔대요. 꿈은 다 허물어져 가는 어떤 집에서 끝났어요. 아마 클로츠 펜션인 것 같은데, 인기척도 없고 온통 냉기가 돌아서 아빠는 무척 당황스러웠나 봐요. 아빠가 위층으로 올라가려고 했지만, 좁고 가파른 계단이 널빤지로 막혀 있고 못질해 봉해져 있었대요.

"우리 엄마보다 더 좋은 엄마는 세상 어디에도 없을 거야."라고 아빠가 말해요.

"왜요?" 제가 물어보며 손을 아빠 가슴에 올렸어요.

"왜냐하면 할머니가 우리를 그야말로 관대하게 자라게 해 줬기 때문이지." 아빠의 흉곽이 고르게 오르내리고 있어요.

아빠, 전 아빠의 엄마인 제 친할머니에 관한 기억이 딱 한 가지 밖에 없어요. 친할머니가 어떤 문지방에 서 계시는데, 할머니의 얼굴 쪽에 옅은 그늘이 드리워져 있어요. 할머니는 저를 쳐다보고 계셔 요. 제 쪽을 내려다보고 계신 거죠. 저는 아빠 손을 잡고 있어요. 할 머니가 저를 무척 반가워하시는 게 느껴져요. 저도 할머니를 좋아해 요. 할머니는 매우 홀쭉한 체구에 눈이 크고 얼굴은 갸름한데 무척 쇠약해 보여요. 할머니가 저를 보고 활짝 웃어요.

"할머니가 마지막엔 정말 뼈와 가죽만 남았었지." 아빠가 말해요.

"아빠는 할머니가 돌아가실 때 할머니 곁에 있었어요?"

아빠가 잠깐 숨소리를 낮추는데 흉곽이 평안해 보여요.

"응."

아빠는 팔 남매 중 막내지요. 아빠의 엄마인 아우구스테 할머니 는 맨 위 세 자녀를 양자로 떠나보냈어요. 하녀로 일하다가 임신했 는데, 혼자였어요. 할머니는 아이들을 만삭까지 품었다가 출산 후에 양부모에게 보냈어요. 그중 두 명인 헬무트와 하넬로레와는 계속 연 락을 유지했어요. 제가 태어나 보니 그들은 복잡하게 얽힌 대가족의 일부더군요. 아빠의 아빠인 에른스트 할아버지는 첫 번째 부인과의 사이에 아이가 셋 있었어요. 하나는 아기 때 끓는 물에 데어서 죽었 어요. 나머지 둘, 오토와 쿠르트는 어렸을 때 친엄마가 돌아가셨어 요. 에른스트 할아버지는 아이들을 데리고 농장에 세 들어 살았는 데, 그 농장에서 일하던 아우구스테와 사귀게 된 거죠. 아이들은 엄마를 필요로 했고요. 그래서 에른스트와 아우구스테는 결혼했어요. 에른스트가 아우구스테보다 열아홉 살이나 더 많았어요. 아우구스테는 아이들을 극진히 보살폈어요. 다른 사람들에겐 줄 수 없는 걸 아이들에게 줬던 거죠. 오토와 쿠르트 둘 다 젊은이라 전쟁에 나갔어요.

"쿠르트를 할머니가 매우 아꼈어." 아빠가 말해요.

"그런데 러시아에서 실종되셨다고요?"

"응, 행방불명되었어. 형은 돌아오지 못했어."

"아빠는 그분에 관해서 뭘 알고 계세요?"

"그 형은 성품이 아주 온화했대. 그리고 그림을 그렸어."

아우구스테와 에른스트는 아이를 둘 더 낳았는데, 그게 바로 게르트 큰아빠와 아빠지요. 아빠의 엄마는 아빠를 낳았을 때 서른일곱 살이었고, 아빠의 아빠는 쉰여섯이었죠. 아빠에게는 실종된 형의 이름과 똑같이 쿠르트라는 이름이 주어졌고요.

"아빠 말씀은, 할머니와 할아버지가 아빠의 형인 쿠르트를 잃고 나자, 상실감 때문에 아이를 더 낳았다는 말씀인가요?"

"응, 그러는 게 좋을 수 있거든."

할아버지가 일찍 돌아가시자, 여러 사람이 힘을 모아 아빠를 품어 주고 키워 줬다지요. 하넬로레의 남편은 아빠에게 슈투트가르트 보험사에 직업 교육 실습 자리를 마련해 줬고요. 또한 오덴발트에 있는 헬무트의 가족도 아빠에게 든든한 버팀목이 되어 주어서 우리가 자주 방문했어요. 그 집은 작고 오밀조밀해서 어린 저에겐 마법에 걸린 집처럼 여겨졌어요. 요리조리 올라가는 계단도 많고 미지의 방들로 들어가는 문도 꽤 여러 개 있었던 기억이 나요. 이제는 임종 의 자리가 되어 버린 아빠 침대에서 아빠가 형 오토의 멋진 흑백 스 케치들을 볼 수 있게끔 해 놓았어요. 아빠의 셋째 형 쿠르트처럼 둘 째 형 오토도 그림을 그리겠다고 했댔죠. 우리 집 거실에도 이미 그 림이 몇 점 걸려 있어요. 예를 들어 넓은 농장 주위에 비스듬하게 기 울어진 집과 헛간이 혼란스럽게 배치되어 있는 「신비한 농장」이란 그 림도 있어요. 아빠가 자란 농장을 표현한 거래요.

우리 집에서 열리는 가족 파티는 아침까지 계속되곤 했어요. 술 을 계속 마시며 웃고 떠들었어요. 그럴 때면 우리 아이들도 원하는 걸 마음껏 할 수 있었어요. 숨바꼭질도 하고, 다락 창고를 탐색하기 도 하고, 포르노 잡지를 보기도 했어요. 저는 어느 방학 때 사촌 언 니의 대담한 묘사와 미진한 정보로 성교육을 받게 되었는데, 그 언 니는 며칠 동안 계속 저를 당황스럽게 했어요.

한번은 아이들인 우리가 게스트하우스 앞 계단에서 폴짝폴짝 뛰어다니며 놀고 있었어요. 밖은 이미 어두워져서 가로등 불빛이 아 스팔트를 비추고 있었어요. 그런데 갑자기 돼지 한 마리가 길을 뛰 어 내려가고 있지 뭐예요, 길 한복판으로요. 그 돼지는 크고 뚱뚱 했고, 피부는 윤기 나는 회색이었어요. 피 묻은 앞치마를 입은 어떤 남자가 그 돼지를 쫓아갔어요. 투박한 장화를 신고 뛰어가는 소리 가 길에 울려 퍼졌어요. 제가 아빠에게 그 이야기를 하자 아빠는 제 말을 믿어 줬어요. 제가 그걸 기억하는 건 단지 그 때문인 것 같아요. 아빠가 게스트하우스에서 다른 사람들에게 그걸 어떻게 이야기했는지 다 기억나요. 도축업자가 도축하려고 하자 그의 돼지 한 마리가 달아났는데, 아이들이 그걸 봤다고 말했지요. 그러자 사람들이 웃으며 술잔을 맞부딪쳤어요.

아빠도 저를 관대하게 자라게 해 줬어요.

제 아이가 만약 딸이었다면, 이름을 아우구스테라고 지었을 거예요. 아이가 태어났을 때 전 서른아홉 살이었어요. "저는 결코 그렇게 느끼지 않았어요, 그러나 저는 늙은 엄마예요."라고 매기 넬슨(Maggie Nelson)*은 말했어요. "저는 저 자신을 삭제하는 실험을 하기 전에, 먼저 저 자신이 되는 데 거의 40년의 시간이 걸렸습니다."[10] 아이를 낳기 전에는, 다른 엄마들이 때로는 영화관도 가고, 미용실도 가고, 욕조에 몸을 푹 담그기도 하라고 진부한 충고를 하면 전 비웃곤 했어요. 게다가 그런 충고를 해 주는 사람은 항상 엄마들이었지 절대 아빠들이 아니었어요. "당신이란 인물은 파기되어 있을 겁니다."라고 제 치료사도 말해요.

그런가 하면 엄마가 된다는 건 동시에 저를, 제 안에 존재하는 절대적인 사랑으로 제 아이를 위해 모든 것을, 정말로 모든 것을 할 수 있게 만들어요. 그건 저 자신을 포기한다는 뜻이에요. 비유적인 의미에서가 아니라 구체적인 의미에서요. 엄마가 된다는 건 저를 때

---

* 1973년생 미국 작가. 자서전, 예술 비평, 페미니즘, 철학, 시 등 다양한 분야에서 활동하여 장르를 깨는 작가라고 일컬어진다.

려눕히는데 저는 예견하지 못했던 어떤 필요에 저를 내맡기게 돼요. 산욕기엔 푹 쉬어야 하는데, 동네 여자들이 집으로 자주 놀러 오면 그게 어떨지 생각해 봐요. 저는 산욕기에는 침대에 누워서 몸조리할 필요가 있다고 생각하는데, 몇 주 동안은 그래야 한다고 알고 있어요. 한 친구가 "나는 몇 달 동안 침대에서 블라우스를 풀어헤친 채로 누워만 있었어."라고 말하더군요. 그런데 그럴 수 있는 형편이 살짝 부러워서 가슴이 아프기도 했어요.

다른 할머니와 할아버지를 보면 가슴이 아플 때도 있어요. 오늘도 그랬지요. 놀이터에서 보았던 그 흰머리가 예쁜 할머니는 아빠가 아이들을 다시 데리러 올 때까지, 아이 둘을 데리고 정말 쉬지 않고 열심히 놀아 주더군요. "우리 엄마는 제가 아침에 푹 잘 수 있도록 애들을 자주 데려갔어요."라고 어떤 엄마가 말했어요. 저는 베트남 간이음식점에서 따끈한 수프 두 개를 사 주신 것만으로도 감사한데 말이에요. 남자인 친구 중에는 아내 대신 아이들을 데리러 가거나 기저귀를 갈고 부모 모임에도 나가는 이들이 있어요. 저는 더는 충족될 수 없는 제 어머니, 엄마에 대한 그리움 외에도 쓸쓸함을 체험해요. 그 쓸쓸함을 이미 익히 알고 있지만, 내면의 더 깊숙한 곳에서 나타나기도 해요.

5.

엄마는 자신이
사라지고 있음을 알았다

엄마와 함께 보낸 그다음 며칠 동안은 변화무쌍했어요. 엄마는 증상이 악화되어서 질병 속으로 사라져 버리곤 했어요. 저는 집중 치료실에 있는 아빠를 문안하러 다니는 사이에, 요양원에 있는 엄마에게도 계속 들러요. 제가 엄마 곁에 더 많이 있어 주기만 한다면, 아빠 대신 엄마에게 일관성 있게 방향 설정을 해 줄 수 있다면, 치매의 진행을 막을 수도 있다는 생각이 자꾸 들어서 사실 부담스럽기도 해요.

언젠가 정원에서 무용극 공연이 열린다기에 엄마와 함께 정원으로 가서, 헤어 부인과 키르히베르크 부인 사이의 의자에 엄마를 앉히고, 벽에 기댄 채 옆쪽에서 엄마를 지켜봤어요. 「새로운 기준」이라는 작품이었는데, 공연자 네 명이 지난 몇 달 동안 춤으로 각색했대요. 긴 막대기 하나, 마스크 하나, 스프레이 병 하나가 투입되고, 경직되고 두렵고 억압적인 상황에서도 잘 지내려고 시도하는 각 단계가 묘사되었어요. 엄마는 의자 앞쪽 끄트머리에 조용히 앉아서 넋이 나간 채 구경하고 있어요. 계속해서 "브라보" 하고 외치는 남자도 있어요. 공연이 끝나자 엄마가 한참 동안 박수를 쳤어요. 제가 하는 것처럼 그렇게요.

"정말 멋졌어." 헤어 부인과 함께 엄마를 병동으로 다시 모셔다드리자 엄마가 말했어요. "마치 그것처럼, 그러니까 그것처럼……." 엄마는 적당한 말을 찾고 있어요. 잘 떠오르지 않자 손으로 허공에 모양을 그리려고 해요. 하지만 엄마는 문장을 완성하지 못했어요.

"그들이 춤으로 우리 일상을 보여 줬어요." 제가 말해요.

"그래, 정확해, 그걸 보여 줬어. 아주 멋져."

그게, 그 작품이 얼마나 마음에 들었는지 서로 확인하느라 헤어 부인과 엄마는 그렇게 한동안 더 대화를 했어요. 아빠가 정신이 들면 아빠에게 즉시 그 이야기를 하고 싶어요. 저는 엄마가 마음의 안정을 되찾기를 바라며 안심하고 떠났어요. 하지만 다음번에 방문했을 때 수간호사의 얼굴에서 엄마가 잘 지내지 못하고 있다는 게 느껴졌어요.

"무슨 일이 있었어요?"

"어머님이 어제 휴게실에 똥을 쌌어요. 간밤에는 다른 여자 환자의 침대에 가서 누웠었고요. 제 생각에 어머님이 남편을 찾고 계신 것 같아요. 다른 환자들이 어머니 때문에 괴롭다고 불평이 자자해요."

저는 차마 아무 말도 하지 못했어요.

"다른 병동이 더 나을지 고려 중이에요. 더 많이 돌봐 주는 곳으로요." 수간호사가 말했어요.

"엄마에겐 더 이상의 변화가 바람직하지 않은 것 같아요. 그건 엄마에게 너무 과해요."

"저도 그건 이해합니다."

"엄마는 대체 어디 있어요?"

"식당에 앉아 계세요."

엄마는 다 식은 커피를 앞에 놓고 앉아서 그 공간을 둘러보고 있어요.

"엄마". 제가 부르자 저를 그냥 쳐다보기만 해요. 엄마는 외할아버지와 정말 비슷해졌어요. 주름진 얼굴이며 동그스름한 두상과 눈도 닮았어요. 엄마는 아주 오랫동안 매력적인 여자였어요. 몸매도 날씬하고, 빨갛게 염색한 머리에, 화장은 은은하게 하고, 예쁜 옷을 골라 잘 받쳐 입곤 했어요. 엄마가 아빠보다 나이가 더 많은데도 엄마는 항상 몇 년 더 젊어 보였어요. 그랬던 엄마가 이젠 노인이 되어 간호사가 입혀 주는 대로 입고 있네요. 오늘은 레깅스와 줄무늬 티셔츠군요. 제가 엄마 옆에 앉아서 대화를 해 보려고 하지만, 엄마는 자기 안에 침잠해 있는 것 같아요.

"우리 밖으로 좀 나갈까요?" 어제까지만 해도 엄마 손을 잡고 정원으로 데려가는 건 쉬운 일이었어요.

"아니, 난 그냥 앉아 있기만 할 권리도 있어."

"그야 물론이죠." 잠시 쉬었다가 제가 물었어요. "커피를 좀 더 마시고 싶으세요?"

엄마가 고개를 저어요.

누라이가 와서 식탁에서 그릇을 치워요. 엄마가 누라이를 계속 쳐다봐요.

"저 여자가 저런 두건을 쓰고 다니는 걸 난 참을 수가 없어." 엄마가 누라이를 가리키며 말하자 누라이가 우리 쪽을 쳐다봐요. 엄마가 하는 말을 누라이가 들었어요. 저는 너무 부끄러워요. 그러고 얼마 안 되어 엄마가 화장실에 가야 한대요. 엄마는 지금 기저귀를 차고 있어요. 엄마와 함께 엄마 방으로 가는데 엄마가 걸을 때마다 바스락거리는 소리가 들려요.

"그게 정말 허용되어 있니?" 욕실 문을 열자 엄마가 저에게 물어요. 엄마는 배를 잡고 끙끙거리면서도 레깅스 벗을 준비를 하지 않네요. 제가 엄마가 볼일 보는 걸 도울 수 없겠다는 것을 알아차렸어요. 그래서 간호 인력을 호출하는 버튼을 눌렀어요. 그러자 누라이가 왔어요. 누라이는 대담하게 엄마 손을 잡아요. 제가 욕실에서 나온 뒤에도 엄마가 신음하는 소리가 여전히 들려요. 얼마 후 둘이 웃으면서 나오네요. 누라이는 엄마 손을 잡은 채 엄마를 가볍게 쓰다듬으며 저를 향해 자기는 아이가 다섯이고 출산 때 서른 번이나 참여했었다고 말해요.

"정말요?" 제가 놀라워했어요.

"진짜야?" 엄마도 물어봐요.

"네, 어머님이 딱 한 번 출산했다고 하시길래 제 이야기를 해 드린 거예요." 누라이가 대답해요.

엄마가 웃으며 자신은 딱 한 번 출산했다고 반복해서 말해요. 제가 웃자 누라이도 웃어요. 엄마가 누라이의 뺨을 쓰다듬으며 말해요. "당신은 사랑스러워요. 사랑스러운 사람이에요."

잠시 후 누라이가 엄마에게 신발을 신기자 엄마가 누라이를 "멍청한 계집애"라고 불러서 흠칫했어요.

"괜찮아요." 누라이가 말해요.

하지만 제가 그런 일을 겪었다면 괜찮지 않을 것 같아서 누라이에게 사과를 했어요. 그러자 누라이가 제 팔에 손을 얹고 이렇게 말했어요. "병에 걸려서 그런 거잖아요."

물가에서

매년 여름휴가 때마다 제가 아빠 엄마를 방문했었죠. 저는 친구들과 대서양 연안으로 여행을 갔다가도, 혹은 첫 남자 친구와 토스카나로 갔다가도 항상 아빠 엄마와 일주일 동안 함께 지냈지요. 초반엔 아렌스후프에 있는, 지붕을 갈대로 엮은 집으로 갔었고, 나중엔 다년간 발트해 연안의 담프로 갔었어요.

아빠는 펜션 단지로 가는 교차로에 서 있었어요. 아빠가 거기서 저를 기다리고 있었죠. 그때 제가 승용차로 언제 도착해서 거기에서 우회전할지 아빠는 전혀 알 수 없는데도, 거기 서서 마냥 저를 기다리고 있었어요. 아빠가 제게 사 준 파란 소형차를 발견하자 아빠의 심장이 마구 두근거려요. 저는 그걸 알아요. 저는 아빠 마음을 알아요, 아빠의 크고 열린 마음을요. 그리고 아빠의 심장이 두근거리는 것도 느낄 수 있었어요.

펜션에 도착하자마자 저는 어린이용 잠옷으로 갈아입어요. 소매와 바지에 팔다리를 쓱쓱 집어넣고 응석받이 아이의 역할로 변신해요. 그리고 실컷 늦잠을 자요. 제가 일어나서 아빠 엄마가 있는 거실로 내려가면, 아빠가 아침마다 사 온 롤빵이 테이블 위 빵 바구니에 담겨 있고, 그 옆에는 오렌지 주스와 잼이 놓여 있고, 엄마가 꺾어온 꽃들이 꽃병에 꽂혀 있어요. 엄마가 제 재킷에 떨어진 단추도 꿰매 주고 요리도 해 줘요. 저는 안경을 쓰고 있어요, 콘택트렌즈가 아니라요. 저녁이면 소파에서 두 분 사이에 앉아 텔레비전을 봐요. 두 분께 아이스크림 살 돈을 달라고 하기도 하고, 사랑의 아픔으로 울기도 하고, 기분이 나쁠 땐 숨김없이 드러내기도 해요. 제게 필요한 모든 것이 거기 다 있었어요. 아빠 엄마의 관심, 가득 찬 냉장고, 바닷가 나들이용 자전거까지요.

한번은 우리 셋이 쉔하겐으로 산책하러 갔었지요. 갈 때는 절벽 위로 가는 길을 택했어요. 돌아올 때 바닷가 바로 옆으로 난 좁고 돌이 많은 해변 길로 왔고요. 이때 찍은 사진을 보면 제가 엄마의 기능성 옷을 입고 있어요. 회색 줄무늬가 있는 빨간 재킷과 회색 바지인데, 사람들은 그게 너무 짧고 꽉 낀다고들 해요. 저는 출렁이는 물결이 휘감고 지나가는 어느 둥근 바위 위에 서 있는데, 재킷은 깡뚱해서 간신히 허리까지 와요. 아빠도 똑같은 걸 입고 있어요. 우리가 커플 룩을 입고 바다를 배경으로 벤치에 나란히 앉아 있는 사진을 보고 알았어요. 엄마가 우리 둘의 사진을 찍어 줬는데 정작 엄마가 찍힌 사진은 하나도 없어서 엄마가 뭘 입고 있었는지는 모르겠어요.

그 뒤 제가 처음으로 아기를 데리고 두 분이 계신 발트해 연안으로 갔었죠. 제가 엄마가 되어서 필요한 게 많은 4개월 된 존재를 데리고요. 아기는 필요한 것 천지예요. 필사적이고요. 아이 아빠와, 그러니까 아동 복지국에 가면 직원이 '아이 아빠'라고 부르게 될 사람과 함께한 예전의 시간에 환멸을 느꼈어요. 우리는 가족이 되려고 노력했지만, 되지 못했어요. 저는 밤마다 그 사람을 기다렸어요. 그러지 않을 땐 그의 방문 틈으로 빛이 새어 나오는 걸 봤어요. 저는 밤마다 속상해서 여자 친구들에게 전화를 걸곤 했어요. 제가 또다시 이런 밤의 냉기를 느낀 적이 있는데, 초여름이었어요. 저는 더는 집에 있고 싶지 않았어요. 그래서 아기를 아기 띠에 안고는 유목민처럼 돌아다녔어요. 햇살이 밝게 비칠 때도 제 내면엔 어둠이 자리 잡고 있었어요.

아기를 데리고 펜션에 도착했는데, 볼로냐스파게티가 없어서 너무 실망스러웠어요. 다진 고기, 양파, 마늘 그리고 약간 단맛을 내주는 당근이 들어간 볼로냐스파게티가 없지 뭐예요. 제가 아빠 엄마를 방문하면 언제든지 먹을 수 있었거든요. 오랜 기차 여행 후에 저녁에 도착했든, 비행기가 오전에 일찍 착륙했든 상관없었어요. 이탈리아에서 만났는지 또는 아빠 엄마 집에서 만났는지도 상관없었어요. 우리가 함께하는 시간은 늘 이 음식으로 시작했지요. 하지만 그때는 아빠 엄마는 외식만 하고 있어서 매일 점심 저녁을 자동차로 아흐터트 홀트*나 피셔하우스로 먹으러 다녔어요. 그런데 아기가 이미 자고 있어서 저는 함께 가고 싶지 않을 때도 있어요. 아기가 차 뒷좌석에서 고사리같이 작은 손으로 제 손가락을 붙잡은 채 잠이 들어서 그 곁에 앉아 있을 때도 있었고요. 또는 아기가 피곤해서 테이블 앞에 제 무릎 위에서 칭얼거릴 때도 있었지요. 무엇보다 제가 피곤해요. 그리고 엄마도 피곤해요. 엄마 나름대로요. 그래서 더는 요리하지 않아요. 아빠도 역시 안 하죠. 저도 안 해요. 우리 모두 피곤하고 무력하고 도움이 필요해요.

한번은 제가 정원에서 양동이에 물을 담아 아기를 목욕시키려고 하는데, 아빠는 차에 기름을 넣으러 가려고 했어요.

"엄마, 우리 곁에 있어줘요." 저는 엄마에게 말하며 이렇게 생각했어요. '엄마가 애를 봐 주면 나는 잔디밭에 누워서 쉬거나 커피를 마실 수 있겠구나.'

"나한테 이래라저래라하지 마." 엄마가 단호하게 말하고 아빠와 함께 차를 타고 가 버렸어요.

---

* Achter't Holt, 레스토랑 겸 카페 이름.

나중에 엄마가 미안했다고 사과하긴 했어요. 제 생각엔 아빠가 엄마에게 같이 가자고 했을 것 같아요. 그래서 엄마가 아빠를 위해 그랬을 거라는 생각이 들어요.

발트해 연안에서 보낸 그해 여름부터, 엄마가 아빠 곁에 꼭 붙어 있으려는 증상이 시작되었어요. 엄마는 세상으로의 연결 통로를 잃어버리고 오직 아빠만 신뢰할 수 있다고 느껴요. 저는 아니고요. 아빠가 자동차에 기름을 넣으러 가고 아기가 웃으면서 첨벙거리는 동안 정원에서 보낸 시간이 아주 잠깐은 아니에요. 유감스럽게도요. 당연히요. 그래도 저는 엄마를 양로원에 넘겨 주고 달아나 버리기나 하는 그런 인간이에요.

"치매 환자들은 지극히 민감해요. 그 환자들은 다른 사람의 감정에 대해 섬세한 안테나를 갖고 있어요." 나중에 수간호사가 저에게 그렇게 알려 줬어요.

엄마가 허리에 아기 띠 벨트를 잠근 다음 제 아기를 넣고는, 해변으로 가는 길로 데려가요. 제가 유모차를 사용하지 않을 땐 엄마도 유모차를 사용하지 않아요. 엄마는 어떻게든 아기에게 잘해 주려고 해요. 엄마가 뒤뚱뒤뚱 걸어가다 보니 엄마 품에서 아기가 스르르 잠이 들었어요. 그러자 엄마는 아기가 다시 깰 때까지 기다렸지요. 잠든 아기를 아기 띠로 안은 채로 모래밭에서 아빠 옆에 한참을 앉아 있었어요.

며칠 후에 저는 자동차로 기차역에 할아버지와 할머니, 정확히 말하자면 아기의 친할아버지와 친할머니의 마중을 나가야 했어요. 또 아이 아빠도요. 대대적인 가족 모임이 되게 생겼어요. 그런데 아기는 자고 있지 않으면, 제 가슴에 안고 있어야 하고, 기저귀를 갈아 줘야 해요. 그런 아기를 차에 태우고 20킬로미터를 달려 에커른푀르데까지 운전해서 가는 게 저한텐 너무 버거웠어요. 아기 아빠까지 차로 데려오고 나서, 제가 그에게 집에서 나가고 싶다고, 친정으로 돌아가겠다고 말했어요. 아기 띠로 안고 있는 아기에게 구슬 같은 눈물방울이 뚝뚝 떨어졌어요. 다른 아기들 머리엔 기껏해야 우유 거품이나 크루아상 부스러기가 떨어졌을 텐데, 제 아기 머리엔 이 첫 몇 달 동안 눈물이 가장 많이 떨어졌어요.

어느 날 저녁에 제가 모두를 위해 볼로냐스파게티를 만들었어요. 제가 애를 좀 썼지요. 마늘을 다지고 양파도 잘게 썰었어요. 그러고 나서 좋은 적포도주를 넣고 알코올이 날아갈 때까지 볶아 줬어요. 그러면서 홀짝홀짝 마시기도 했지요, 병째로요. 식사 후에 아기의 친할머니와 친할아버지가 거실에서 아기를 들여다보는 동안, 엄마가 그릇을 치우고 부엌에서 설거지하기 시작했어요. 부엌에서 물이 졸졸 흐르는 소리가 나고 찬장 문이 열렸다 닫혔다 하는 소리가 들렸어요. 그런데 설거지가 도무지 끝나지 않아서 가 보니, 엄마가 그릇이란 그릇은 죄다 씻고 있었어요. 찬장에서 깨끗한 그릇까지 다 꺼내서요. 싱크대 위가 물이 뚝뚝 떨어지는 접시와 잔으로 가득 차 있었어요. 행주 위에는 스무 개쯤 되는 칼이 나란히 놓여 있었고요. 거품이 그대로 남아 있는 칼도 보이고, 그 오른쪽에는 칼날에 거품이 마르면서 생긴 둥근 얼룩도 보였어요.

"식기 세척기는 뒀다가 국 끓여 먹으려고요?"

"너희가 내일 할 필요 없게끔 내가 지금 후딱 해치웠어." 엄마가 말하며 회전 선반에서 냄비 하나를 꺼내 왔어요. 엄마의 긴장감이 느껴졌어요.

"엄마, 그건 설거지할 필요 없어요." 제가 말렸어요.

"날 감독하는 것 좀 그만해."

나중에 엄마가 부엌에서 나오더니 저에게 이렇게 말했어요. "자, 비르기트, 이제 가자." 비르기트는 엄마의 여동생이에요. 아빠가 깜짝 놀라서 저를 쳐다봐요.

"쟤는 마렌이에요, 우리의 마릴레라고요." 아빠가 엄마에게 말해 줬어요.

"아 그러네요, 네." 엄마가 대답했어요. "미안해. 내가 좀 헷갈렸나 봐."

그게 엄마는 무척 창피했나 봐요. 다른 사람들 앞에서 그랬으니까요. 그래서 엄마의 행동을 군이 바로잡지 않는 것이 낫겠다고 아빠에게 신호를 보냈어요. 그런 일이 앞으로 몇 년 동안 계속해서 일어날 테니까요.

나중에 엄마 아빠가 요양원에서 지낼 때, 엄마가 "우리는 매일 들판에 나가 산책을 한답니다."라고 말하곤 했었지요. 사실 그때는 아빠가 담배를 피우려고 할 때 문 앞에만 겨우 나갈 수 있는 상황이었는데요. 그러면 아빠가 이렇게 물었지요. "무슨 들판? 우린 지금 베를린에 있는데."

담프에서는 제가 밤에 잠을 잘 자지 못했어요. 마음에 상처를 입고 불안했거든요. 아기가 제 품에서 벗어나 몇 시간 동안 자고 있을 때도 저는 못 잤어요. 아이 아빠는 제가 뒤척이다가 건드려도 모르고 제 옆에서 쿨쿨 잘 자고 있었고요. 엄마는 아래층 부엌에서 유령처럼 어슬렁거리고 있었고, 아빠는 언제나 그렇듯이 술에 취해 있었어요. 아기의 친할아버지와 친할머니는 이웃 마을에서 자고 있어서 내일 그리로 모시러 가야 해요. 또 다음 날에는 나들이도 계획되어 있는데 저는 도무지 엄두가 나지 않았어요. 그런데 아기가 자기 머리에서 고운 머리카락을 잡아 뜯기 시작했어요. 어쩌다 실수로 그러는 게 아니라 계속 손가락으로 머리카락 가닥을 붙잡고 잡아당겨 뽑는데, 자면서도 뽑고, 뽑을 때마다 끔찍하게 울었어요. 아기가 머리카락을 잡아 뜯기 시작하자 저는 여러 호텔에 예약했던 것들을 전화로 취소하기 시작해요. 하지만 그땐 성수기여서 발트해에 있는 리조트만 해도 방 하나에 135유로나 주고 예약을 했었어요.

"스파도 이용하실 수 있습니다. 고객님의 신용 카드 번호를 알려주세요." 전화를 받은 여자가 말했어요.

그다음 해 여름휴가 때부터는 우리만을 위해, 즉 아빠와 엄마, 저, 아이를 위해 예약을 했어요. 그런데 아빠 엄마는 더는 발트해 연안으로 가고 싶어 하지 않아요.

"난 이제 차를 오래 타고 다닐 수가 없어. 엄마는 집을 청결하게 유지할 수가 없고." 아빠가 말했어요.

그래서 저는 라이헤나우섬*에 작은 펜션을 구했어요. 거긴 두 분의 집에서 겨우 한 시간 반 정도 떨어져 있는 곳이에요. 어떻게든 여름휴가 전통을 계속 유지하고 싶었거든요. 한동안은 예년처럼 그렇게 계속되길 바랐어요. 그런데 발트해 연안에서 지내면서 더는 우리가 규모가 작은 가족이었을 때처럼 되지 않는다는 걸 이미 깨달았어요. 그런데도 보덴 호숫가에 숙소를 빌렸어요. 예전에 우리는 몇 년 동안 휴가 때마다 회리반도에서 지냈는데, 그때 좋은 추억이 많았어요. 제가 지금까지 끼고 있는 반지가 바로 거기서 선물받은 거잖아요. 물론 중간에 결혼해서 그 반지를 오랫동안 끼지 못했던 적도 있었지만요. 그 기간을 제외하고는 제가 늘 끼고 다니며 하루에 여러 번 만지작거리며 돌려 대곤 해서, 왼손 가운뎃손가락에 반지 낀 자리가 가늘어졌어요. 아빠와 엄마가 콘스탄츠에 있는 어떤 장신구 공방에서 사 주신 거잖아요. 그런데 제가 그 반지를 쾰른의 뢰머공원에서 격정적인 카니발의 밤 때 잃어버렸다가 다음 날 풀밭에서 다시 찾았을 때도 그렇고, 어느 친구네 집에 놀러 갔다가 그걸 잃어버렸는데 몇 달 뒤에 욕실 장 뒤편에서 발견했을 때도 그렇고, 그게 계속 다시 나타나요. 부모님의 사랑이 담긴 반지라서 그런가 봐요.

---

* 독일 남부 보덴호에 있는 섬.

돌을 갓 지난 아기가 있으니 딸린 짐이 워낙 많아서 차를 타고 멀리 여행을 간다는 게 저로서는 꽤 힘겨웠어요. 단순히 재우는 것, 수유, 소화 시키기 때문만도 아니고, 종종 일정에 맞지 않는 아기 리듬 때문만도 아니에요. 마치 작은 운송업이라도 하는 것 같은 느낌이었어요. 아기를 아기 띠로 안고서 짐을 실은 유모차 겸용 트레일러를 밀고 가야 했거든요. 도중에 아기가 잠이 들면 아기를 트레일러에 눕히고, 짐은 등에 짊어지고 가기도 했어요. 기저귀와 음료수병, 작게 자른 과일을 넣은 가방은 옆에 따로 매달고 갔고요. 열 시간 동안 차를 타고 가면서 여섯 번 갈아탔어요. 지역 열차를 탈 때는 트레일러 때문에 항상 누군가의 도움을 받을 수밖에 없었어요. 사람들이 열차 계단 위로 트레일러를 들어 올려 실어 주거나 내려 주었어요.

아빠가 저를 마중 나왔었죠. 큰아빠와 함께요. 큰아빠가 차로 아빠와 엄마를 펜션까지 태워다 주고, 이제 아빠와 기차역으로 저를 마중 나왔다가 혼자 기차로 돌아가신대요. 큰아빠가 걱정스러운 눈길로 저에게 미리 당신의 전화번호를 줬어요. 아빠는 이제 혼자 운전해서 그 먼 구간을 다니는 건 엄두도 내지 못해요. 어지럽대요. 그것도 아주 자주요. 그래서 휴가 내내 제가 운전할 거고, 휴가가 끝나면 큰아빠가 다시 아빠를 데리러 올 거예요. 그리고 엄마는 이제 30분도 혼자 있지 못해요. 제가 아기를 데리고 아빠와 함께 펜션에 도착해 보니 엄마가 손을 바들바들 떨고 있었어요. 아빠 엄마는 이미 오전에 그 펜션에 입실했기 때문에, 그곳에 익숙해졌을 만도 한데 말이에요. 저녁에 저는 엄마와 함께 감자튀김을 만들고 싶었지만 엄마에겐 무리였어요. 양파와 베이컨을 버터로 팬에 볶는 것조차 엄마에게는 너무 복잡했나 봐요. 엄마는 허둥지둥거리더니 급기야 전기 레인지를 하나 더 켰어요. 그래서 제가 엄마 무릎에 쟁반 하나를 올려놓고 감자를 얇게 저며 달라며 하나씩 건네줬어요. 레인지에 올려놓은 프라이팬은 제가 맡았고요.

그 휴가 때 아빠 엄마와 꽤 오래 함께 시간을 보내면서, 저는 두 분이 아직 존재하는 능력들과 이미 없어진 능력들 사이의 경계에 있다는 걸 이해하게 되었어요. 무엇보다 퇴행이 순차적인 과정이 아니라는 걸 알게 되었어요. 엄마의 내면에 깊이 파묻혀 있다가 갑작스럽게 표출되는 것들에 계속 놀랐거든요. 예를 들면 엄마는 「환희의 송가」의 여러 연을 줄줄 외우기도 해요. 또는 제가 대화가 끝날 때까지 기다리라고 아이에게 눈치를 주면, 아이는 아직 그걸 이해하지 못하는데 제가 아이에게 이해하길 기대해서 부담을 준다는 말도 했어요. 그 말을 보덴 호숫가에서 보낸 휴가 때 해 줘서, 저는 아이에 대한 엄마의 이해심에 무척 감동을 받았어요. 그런데 그러고 나서 3년 만에 엄마가 혼자서는 의자에서 일어나지도 못하고 문장을 완성하지도 못하게 되어 버렸어요. 끝맺는 동사에 이르기까지 문장을 매끄럽게 잇지도 못해요.

한번은 아빠가 담배를 사려고 해서, 제가 아빠에게 관광 안내소 건너편에 있는 자동판매기로 가는 길을 알려 줬지요. 그런데 아빠가 허탕을 치고 빈손으로 돌아왔어요. 그래서 제가 직접 사러 갔어요.

아이를 데리고요. 아빠 엄마 곁에 아이를 두고 다녀올 엄두가 나지 않았기 때문이에요. 그 무렵 아이는 아빠를 빠빠라고 부르며 좋아서 방글방글 웃었지요. 그런데 엄마에 대해선 아기가 부르는 말도 없었고 엄마를 무서워했어요. 엄마가 아기에게 공을 던져 주고는 바로 몇 초 만에 아기를 야단치곤 했기 때문이에요.

저한테는 아이와 아빠 엄마가 있고 차도 있어요. 그 모든 것을 계획적으로 준비하고, 아이와 손을 잡고 보덴 호수에서 발을 첨벙거리며 돌아다니기도 해요. 그런데 도무지 지칠 줄 몰라요, 아이는요. 꼬마 물놀이 대장은 제 손을 잡고 아주 깊이 걸어 들어가요, 자기 가슴이 물에 닿을 때까지.

아빠는 밤에 술에 취해 침대에서 떨어졌었지요. 아래층에 사는 집주인이 우리에게 와서 따졌어요. 그게 무슨 쿵 소리였냐고요. 엄마는 무슨 말을 하는 건지 모르겠다고 대답했어요, 아주 솔직하게도요. 저는 창피해하며 옆에 서 있었어요. 집주인은 아이도 너무 시끄럽다고 말했어요. 집주인의 부인은 아이가 정말로 너무 늦은 시간까지 깨어 있어서 시끄럽다고 덧붙였고요. 자기네도 한 살짜리 아이가 있는데, 저녁 일곱 시쯤이면 일찌감치 잠자리에 든대요. 그런데 아이가 자야 하는데 자지 못한대요. 제 아이가 저녁마다 얇은 마룻바닥에서 콩콩거리며 뛰어다녀서 못 자게 한다는 거죠. 그래서 저는 하는 수 없이 아이를 데리고 정원으로 나가서, 해가 뉘엿뉘엿 포도밭 너머로 질 때까지 머무르다가 들어오곤 했어요. 아이가 공에 흥미를 잃어 더는 쳐다보지 않거나 너무 피곤하거나, 또는 동시에 두 가지 다 해당해서, 눈을 비비며 더는 공을 뒤쫓아 뛰어다니고 싶어 하지 않을 때까지 있는 거죠.

"마릴레, 너 이리 좀 올 수 있니?" 아빠가 조심스럽게 제 방문을 열어요. 저는 아직도 농장 속 숨은그림찾기 책을 손에 들고 있고, 아이는 방금 잠이 들었어요.

"무슨 일인데요?"

"좀 와 줘."

엄마가 잠옷 바람으로 침대에 앉아서 울고 있어요. 엄마 얼굴이 퉁퉁 부었어요.

"모르겠어. 그걸 그냥 모르겠어." 엄마가 훌쩍거려요.

제가 침대에 걸터앉아 엄마 등을 토닥이며 물었어요. "무슨 일이에요?"

"욕실이 어디 있는지 모르겠어. 그냥 모르겠어."

"제가 가르쳐 드릴까요?"

"밤에 자다 깼는데 욕실이 어디 있는지 모르겠는 거야. 어디로 가야 하는지 모르겠어."

전 알고 있었어요, 엄마. 엄마가 요즘 밤중에 제 방에 오시는 일이 잦았잖아요.

"이게 뭐야, 마렌? 이게 다 무슨 일이라니?"

"그게요, 엄마, 그건 건망증이에요. 엄마가 지금 길과 장소를 깜빡한 거예요."

"어째서 내가 그걸 못 찾지? 여기저기 헤매고 돌아다니는데도……."

"나이 드셔서 그런 거예요. 흔히 있는 일이에요." 제가 엄마의 등을 쓰다듬는데 눈물 한 방울이 침대보에 뚝 떨어져요. 그러자 엄마가 작고 어두운 얼룩을 보고 손가락으로 쓱 닦아요. 엄마의 손가락들이 깊은 치매에서도 사물을 올바른 위치로 바로잡고 표면을 점검하고 있나 봐요.

"겁이 나. 내가 사라진 느낌이야."

"이해해요, 엄마." 저는 정말 이해해요, 그 사실을 알고 있으니까요. "하지만 아빠와 제가 곁에 있잖아요. 엄마가 우리한테 물어보면 되지요. 엄마한텐 아무 일도 안 일어날 거예요."

진실을 말하자면 엄마에게 아주 많은 일이 일어날 거예요. 그때마다 우리가 곁에 있진 못할 거예요.

"계속 말해 줘. 그게 좋아." 엄마가 속눈썹이 촉촉하게 젖은 채 저를 바라보는데, 참 예뻐 보여요. 엄마의 눈이 명확하게 저를 향하고 있어요.

"엄마는 이제 나이가 좀 들었으니 이따금 뭐가 어디에 있는지 모를 때가 있지요. 그게 정상이에요."

"마렌, 네가 그렇게 말해 주니까 참 좋다."

그건 사실이 아니에요. 엄마도 엄마가 사라지고 있다는 걸 알고 있어요. 아마 저처럼 그렇게는 아니겠죠. 엄마는 그걸 엄마 나름의 방식으로 알고 있는 것 같아요.

6.

연명 치료 거부권

제가 계단으로 병원의 2층으로 올라가고 있는데, 계단실 유리문을 열기가 힘들었어요. 엘리베이터 앞을 지나고 방문객 화장실을 지나는데, 문이 열려 있어서 차가운 블랙 라이트가 비쳐 나와요. 여러 수술실 앞을 지나는데 환자 침대들이 그 앞에 서 있어요. 매트리스 위에 알록달록한 숫자로 번호가 매겨져 있는 표는 볼 때마다 당황스러워요. 부속 건물 끝에는 쓰레기를 모으는 통들이 있어요. 어느 검은 봉지에서 바닥으로 투명한 액체가 뚝뚝 떨어지고 있어서, 웅덩이가 하나 생겼어요. 저는 손 소독도 하기 전에 집중 치료실 갑문을 들어서서 벨부터 눌렀어요. 한시라도 빨리 아빠에게 가고 싶어서요.

저는 간호사가 방에서 나가길 기다렸어요. 아빠가 거기 평안히 누워 있어서 제가 아빠 침대로 다가가 팔을 만지며 아빠를 불렀어요. "아빠, 여기 마렌이 왔어요. 제 말 들리세요?"

아빠가 입술을 제대로 벌리지도 못한 채로 소리를 냈는데, 분명하지 않아서 무슨 말인지 못 알아들었어요. "마릴레."라고 부르는 소리였을 수도 있겠지요, 혀까지 쇠약해졌나 봐요. 제 심장이 심하게 고동치고 있어서 저 자신이 몹시 흥분했다는 게 느껴져요. 아빠의 눈꺼풀 아래에서 눈동자가 움직이고 있어요. 아빠가 눈을 뜨려고 애쓰고 있는 것 같아요. 하지만 아빠는 해내지 못했어요.

"아빠, 잘 들으세요." 아빠에게 물어봐야 한다는 걸 알고 있어요. 그래서 온 거예요. 그걸 위해 기도했어요. 하나님께도 했고 아빠의 엄마인 아우구스테 할머니에게도 했어요. 아빠가 그 순간만이라도 정신이 명료한 상태로 대답할 수 있게 해 달라고요.

아빠가 희미하게 고개를 끄덕였어요.

제가 아빠 가까이 몸을 숙이고 물었어요. "제가 어떻게 해 드릴까요? 아빠 뭘 원하세요?"

딱지가 앉은 아빠의 입이 열리자 입술이 터지고, 각질들이 거무스름하고 끈적끈적한 부스러기가 되었어요. 아빠의 혀는 새빨개요. "죽는 거." 아빠가 희미한 목소리로 말했지만, 분명하게 들렸어요. 그리고 제 내면에서 뭔가 풀리는 느낌이 들었는데, 그것은 거의 환호성에 버금가는 느낌이었어요. 제가 이미 예상했던 대답을 들어서 마음이 가벼워졌기 때문이에요.

"여기서요, 아니면 어디 다른 곳에서요?"

"응."

"여기에서요?"

하지만 아빠는 이내 다시 잠에 곯아떨어졌어요.

"저는 모든 걸 멈췄으면 해요." 의사에게 말했어요.

의사가 벽에 고정된 커다란 주입기를 가리키며 말했어요. "아드레날린 공급을 지금 멈춘다면, 아버님의 혈액 순환이 유지될 수 없습니다."

주입기의 디지털 수치가 0.5를 가리키고 있어요. 기계가 아빠의 정맥 속으로 아드레날린을 균일하게 주입하고 있어요. 의사가 아빠의 팔뚝을 만지더니 손으로 계속 잡은 채 손가락 하나로 아빠의 피부를 쓰다듬어요. 바로 그 잘생긴 의사, 젊은 의사예요. 제가 거기 도착하자마자 그 의사가 아빠 침대로 왔어요. 저는 그 의사를 좋아해요, 그 의사도 저를 좋아해요. 한번은 제가 울자 의사가 마스크를 옆으로 벗고 대답해 줬어요. 그때 보니 제가 이미 짐작했던 것처럼 의사는 입술이 두툼하고 예뻤어요. 그 의사는 언제나 제 아빠를 돕기 위해 자기가 아직 할 수 있는 일을 하겠다고 했어요. 예를 들면 항생제 용량 강화하기, 의사는 그걸 그렇게 불렀어요. 그다음에 한 것은, 제가 이해한 바로는 최대치 투여였어요. 또 아빠가 더 쉽게 호흡할 수 있게 해 주려고 아빠 옆구리에서 물을 빼내기도 했어요. 그러려면 조금 절개할 필요가 있었는데, 제가 거기에 동의했고요. 의사는 그럴 때 생길 수도 있는 합병증을 알려 줬는데, 그런 합병증들은 전체 상황에 비하면 가소로워 보였어요. 그리고 합병증 이야기를 한다는 건 제가 본다고 믿는 것을, 그러니까 아빠가 방금 저에게 말한 것을, 그 의사는 보지 않고 있다는 뜻이에요. 의사는 아빠가 죽고 싶어 한다고 보지 않을뿐더러 기계 장치가 아빠의 바람을 방해하고 있다고 보지도 않아요. 말기 암에 걸린 노인이 집중 치료실에 있는 건 정말 좋지 않다는 것도 보이지 않나 봐요. 심지어 젊은 사람들이 무엇보다 저녁에 땅거미가 질 무렵 "이봐요." 또는 "도와줘요."라고 소리쳐 부르고 비명을 질러 대는 곳인데요.

아빠는 제가 휴가에서 돌아올 때까지 기다렸었지요. 제가 방금 짐을 풀어서 빨랫감을 세탁기 앞에 산더미같이 쌓아 놓고 있는데, 요양원에서 아빠가 저한테 전화를 걸어 왔어요. 아빠는 전화기에 대고 울고 있었어요. 제 인생에서 두 번째로 아빠가 우는 소리를 들었어요.

첫 번째는 제가 아직 어린아이였을 때인데, 아빠가 일인용 안락의자에 앉아서 울고 있었어요. 심장이 아프다고 생각했기 때문이었죠. 아빠가 가슴을 부여잡고 울고 있는 걸 보고 전 무척 깜짝 놀랐어요. 아빠가 몹시 부들부들 떨고 있었어요. 아빠는 병원으로 실려 갔어요, 치료를 받으려고요. 그런데 이제 아빠 가슴에 또다시 통증이 왔어요. 다시 병원으로 실려 왔고요. 밤에 제가 또 의사에게 전화를 받았어요, 아마 그 잘생긴 의사일 거예요. 의사가 말해요. "남편분은 상태가 꽤 안정적입니다."

"제 아버지를 말씀하시는 거죠?"

아빠는 또다시 제가 휴가에서 돌아올 때까지 기다렸지요. 그런데 이번엔 아빠가 죽기를 원해요. 그런 생각이 들어요. 제가 엄마를 보살필 수 있도록, 아빠가 엄마를 놓아줄 수 있도록 하기 위해서라는. 벽에 걸려 있는 주입기를 살펴봤어요. 한참을 찬찬히 바라보고 나서야 피스톤이 어떻게 앞으로 밀리면서 액체가 줄어 드는지 알아차릴 수 있었어요. 집중 치료를 하지 않았다면 오래전에 일어났을 일을 제가 지금 실행해야 할지, 저는 모르겠어요. 제가 그것을 할 수 있을지도 모르겠어요. 지난 2년간 계속 저는 아빠가 임종하실 때 침대 앞에서 아빠 손을 잡고 앉아 있는 상상을 했어요. 그전에는 몇 년 동안 어떤 구조대원으로부터 아빠가 졸도하고, 심장마비가 와서, 저 없이 사망했다는 전화를 받게 될 줄 알았고요. 아빠의 죽음을 유도해야 한다는 생각은 꿈에도 해 본 적이 없어요. 단지 기계와 약과 주사를 통해 중단되어 있을 뿐인 죽음을 역설적으로 유도해야 한다는 생각은요.

"항생제가 잘 들으면 아버님이 시간을 더 얻을 수 있을 거예요. 몇 주, 어쩌면 한두 달은 더 따님과 아내분과 함께할 수 있을 거예요."라고 의사가 말하네요.

"진짜로요?"

의사가 고개를 끄덕여요.

"아빠가 다시 정신이 들까요?" 제가 물었어요. 아빠의 정신이 흐린 게 저에겐 가장 나쁜 것이기 때문이에요.

의사는 고개를 끄덕이기도 하고 가로젓기도 해요.

다른 자리, 다른 시간

"보통의 표준적 표현이 담긴 연명 치료 거부권으로는 환자가 행사할 수 있는 권리가 상당히 제한적이에요." 친하게 지내는 중환자실 담당 의사 요나탄이 말해 줬어요.

"왜요?"

"환자가 더는 스스로 결정할 수 없는 경우, 근본적으로 모든 만일의 경우를 철저히 생각해 보고, 각각의 가능성에 대해서 하고 싶은 것을 일일이 확정해야 하거든요."

프랑스에는 '뱅상 랑베르(Vincent Lambert)' 사례가 있어요. 뱅상 랑베르는 오토바이 사고 후에 11년 동안 식물인간 상태로 누워 있었어요. 호흡은 스스로 하지만 영양은 인공적으로 공급받았어요. 랑베르와 그의 아내 둘 다 간호사였는데, 그의 아내는 연명 치료를 중단하고 싶어 했어요. 평소에 랑베르가 했던 진술을 근거로요. 사전 연명 의료 의향서를 작성한 적은 없었고요. 하지만 랑베르의 부모는 치료를 유지해 달라고 호소했어요. 한 번 영양 공급이 중단되었다가 법원의 긴급 명령에 따라 다시 시작된 적도 있었어요. 마침내 2019년 프랑스 대법원이 인공 영양 공급을 끝낸다는 판결을 내렸고 10일 후에* 랑베르는 42세의 나이로 사망했어요.

---

* 원문에는 8일 후라고 쓰여 있으나, 각종 뉴스에는 10일 후에 사망한 것으로 보도되어 10일로 수정해 번역했다.

저는 인터넷에서 병상에 누워 있는 랑베르의 귀에 휴대폰을 대어 주는 영상을 본 적이 있어요. 랑베르는 검은 머리카락에, 윗입술과 턱에 난 수염이 깎은 지 3일쯤 되어 보였고, 뺨은 면도가 되어 있었어요. 눈은 가늘게 뜨고 있고 동공이 움직여요. 휴대폰이 스피커 모드로 되어 있어서 어떤 여자 목소리가 들리는데, 자막 내용으로 미루어 전화 건 사람이 그의 어머니라는 것을 짐작할 수 있었어요.

랑베르가 입술을 열었다 다시 닫아요, 여러 번.

저는 그의 아내 사진을 본 적이 있어요. 아내는 젊고 확실히 예뻤지만, 얼굴엔 어두운 주름살이 있고, 눈은 괴로워 보이고, 표정에선 깊은 고통 속에 지내 온 세월이 느껴졌어요. 랑베르의 아버지 사진도 봤는데, 노쇠한 노인이 기자들로 둘러싸인 채 마이크와 카메라가 밀려드는 것을 견디느라고 어른 키 높이의 울타리를 꽉 잡고 버티고 있는 모습이었어요.

저는 추간판 탈출증이 세 군데나 생겨서 똑바로 서 있기 힘들 정도로 통증이 무척 심했어요. 척추뼈를 위로부터 아래로 셀 때, 차례대로 마지막 세 개의 링이 부서졌고, 교질 덩어리가 척추로부터 골반 높이로 흘러나왔어요. 처음 추간판 탈출증이 생겼을 때는 몇 주 동안 통증에 시달리며 주사를 계속 맞았어요. 그러다 우울증 증상이 시작되자 친구가 저를 테오도르벤첼베르크병원의 신경과로 데려가 줬어요. 제가 그 병원에 입원해서 침대에 누워 있었을 때, 아래쪽을 높이 올려서 두 다리를 위로 높이 올려 두었어요. 그리고 창밖을 내다보는데 몇 년 만에 안전해졌다는 느낌이 들었어요. 환자 수가 얼마 안 되는 작은 병동이었는데, 주로 장기간 입원해 있어서 시간 여유가 많은 통증 환자들이었어요. 명상과 대화가 효과가 있을 수도 있겠지만, 저는 일인실을 받아서 휴식을 취했어요. 의료진이 보기에 저는 처음부터 따로 입원시켜야 한다는 것이 분명했나 봐요. 저는 신경 통증을 막는 약뿐만 아니라 불안을 누그러뜨리는 약도 받긴 했지만, 그걸 그 후 몇 년 동안 안 먹고 모았어요. 퇴원 후 저는 마사지도 받으러 다니고 수영도 했지만 술집에도 갔어요. 그러다가 결국 우울증이 심해져서 정신 건강 의학과 병동에 가서 상담을 받았지요. 거기 독방에 입원할 수 있었으면 했거든요. 병원 정원에서 저는 한쪽 발을 절뚝거리며 조심조심 돌아다녔어요. 허리 부상이 발에서 드러났어요. 추간판 탈출로 인해 특정한 근육들을 더는 조절할 수 없게 된 거예요. 모든 부상은 다른 자리에서, 또 대개는 다른 시간에 드러나는 것 같아요.

"우리가 뭘 해야 할지 모르겠어." 엄마가 전화로 말했어요.

"우리가 휴가를 중단하고 갈까?" 아빠가 전화로 물었죠.

재활 치료를 위해 브란덴부르크에서 지낼 때 저는 저녁마다 병원 지구로 넘어갔어요. 약한 발 때문에 걸음걸이를 조심하느라 항상 밑을 내려다보며 걸어 다녔어요. 길은 어둡지만, 바닥에 자갈이 깔려 있어서 밝게 느껴졌어요. 그리고 규칙적인 간격으로 세워져 있는 가로등이 자갈길과 숲 바닥에 동그라미를 그리고 있었어요. 동독 고위

간부들이 예전에 이 숲속 주택 단지에서 살았었대요. 무쇠 대문, 경비실, 울타리, 다닥다닥 붙어 있는 주택들을 보면 그 시기가 떠올라요. 예전에 에곤 크렌츠*가 거실로 사용했던 곳에서 방금 예배를 드렸어요. 여기는 천정이 낮고 창문도 하나밖에 없는데, 그 창문을 통해 암에 걸린 어린 환자들이 가족들과 함께 묵고 있는 이웃집이 보여요. 여자 목사님이 굵게 뜨개질한 테이블보로 테이블을 덮고 그 위에 초 하나를 세워 놓았어요. 거기에 세 명이 더 있었어요.

그때 제가 병원 지구에서 어디쯤 있었는지, 아니면 이미 병원 지구를 벗어났던 건지도 모르겠어요. 단층으로 된 어느 종합병원 앞을 지나서, 목재로 덧댄 현대적인 건물의 뒤쪽 길로 가고 있어요. 병실마다 바닥까지 닿는 커다란 창문이 있어서, 창문을 통해 나오는 빛이 길을 비춰 주고, 제 뒤로 빽빽하게 서 있는 가문비나무들이 그 빛을 삼키고 있어요. 멈춰 서서 눈을 들어보니 방 안에 기계로 둘러싸인 두 사람이 보이는데, 그 기계들이 공간을 거의 다 차지하고 있어요. 그 틈에 사람들이 끼어 누워 있는 느낌이에요. 두 사람은 머리 쪽을 높인 침대에 누운 채, 셀 수 없이 많은 기기에 연결되어 있어요. 기기들이 깜빡거리는 것이 보이고, 무엇보다 두 사람의 목 속으로 들어가는 두꺼운 하늘색 튜브가 보여요. 둘 다 머리는 이마의 검은 띠로 고정되어 있어요. 다음 방에서도 그 모습이 반복되고 있어요. 세 번째 방에서는 눈부신 빛만이 닫힌 블라인드의 금속판 사

---

* Egon Krenz, 1989년 10월 18일부터 12월 3일까지 단기간 동독의 서기장을 지낸 정치가.

이로 새어 나오고 있어요.

요나탄이 나중에 인공호흡 센터에 관해 이야기해 줬어요. 지금 자기네 병동에도 한 환자가 있대요. 그 남자는 돌이킬 수 없는 뇌 손상을 입어서, 삽관을 해야만 겨우 생명이 유지될 수 있는 상황이 래요. 가족은 인공호흡을 끝내는 것을 거부하고 있고요.

"그럼 지금은요?" 제가 물었어요.

"아마 인공호흡 센터로 가겠죠."

"그럼 그다음엔요?"

"거기에서 4년 정도 지내다가, 폐렴 때문에 다시 집중 치료 병동으로 오게 될 거예요."

"그럼 그다음엔요?"

"다시 인공호흡 센터로 오겠지요."

요나탄은 인공호흡기를 제거할 때 진정제를 투여한다는 것도 이야기해 줬어요. "통증 때문에, 안전하게 하기 위해서요."

저는 추간판 탈출이 세 개째 생기자 결국 수술을 받았어요. 그런데 수술을 한 뒤에도 발엔 전혀 차도가 없었어요. 신경외과 의사가 설명하길 신경이 회복되기에는 너무 오랫동안 추간판에 눌려 있었대요. 엉덩이와 다리를 지나 왼발로 갈라지는 신경 섬유 다발에 작은 만곡이 하나 생긴 것인데, 움푹 들어간 분지 같은 느낌이었어요. 부상이 남아서 계속 영향을 미쳤어요. 부상 때문에 발가락을 더는 꼼짝도 할 수 없었는데, 그나마 엄지발가락만 간신히 움직일 수 있었어요. 하다 하다 겨울엔 발가락에 동상까지 걸렸어요. 제 발은 치켜들면 그냥 덜렁덜렁 매달려 있어요. 그래서 자갈길을 다니기가 힘들어요. 발목이 툭하면 꺾이거든요. 하이힐은 아예 신을 수도 없고 뛰지도 못하는데, 아이가 늘 제 가까이에 있어 줘서 정말 다행이에요.

아이와 저는 '널 놓지 않을 거야' 게임을 해요. 서로 꼭 껴안은 채 방을 돌아다니는 거예요. 그러다 보니 저는 앞으로 가는데, 저한테 안겨 있는 아이는 뒤로 가게 되지요. 저는 아이를 팔에 안고 냉장고에서 요구르트 하나를 꺼내 와요. 그리고 아이는 동물 인형을 찾으려고 저를 침대로 이끌어서, 두더지 인형을 우리 몸 사이에 끼워요. 대개는 아이가 이기고, 그러면 제가 아이에게서 벗어나게 돼요.

침대에 계속 묶어 놓으려면 법원의 판결이 필요하다는 것도 요나탄에게 듣고 알게 되었어요.
"아빠, 제가 병원에 항의할까요?" 제가 물었어요.
"아니, 이미 일어난 일은 어쩔 수 없는 거야." 아빠가 대답했어요.

7.

생명이 있기에
아름다운 시간들

아빠가 양쪽에 손잡이가 달린 컵으로 물을 마시려고 할 때 아빠는 이상하게 흐릿한 눈빛으로, 운동 능력도 마취가 되어 컵을 마른 입가로 아주 힘겹게 간신히 가져갔어요. 컵을 이따금 코앞이나 턱으로 가져가기도 해서 저는 가슴이 철렁했어요. 아드레날린을 아빠 몸 속으로 주입하기 위해 정맥에 주삿바늘이 꽂혀 있는데, 아빠는 잠에서 깨자마자 손으로 튜브를 발견하고는 잠깐의 망설임도 없이 순식간에 확 잡아당겨서, 저도 처음엔 너무 놀라서 어쩔 줄 몰랐어요. 아빠가 튜브를 꼭 움켜잡고 있는데, 주삿바늘엔 피가 한 방울 맺혀 있어요. 방에서 한바탕 소동이 벌어졌어요. 이번엔 모니터뿐만이 아니었어요.

저는 아빠가 자랑스러워요. 아빠에게 감동한 동시에 마음이 가벼워졌어요. "그건 다시 꽂지 않겠습니다." 모니터가 삑삑거리고 있고 의사가 바삐 움직이고 있는 쪽을 향해 제가 단호하게 말했어요. 저는 저 자신도 자랑스러워요.

아빠는 죽지 않고 살아 있어요. 심장 박동이 불규칙하고, 이따금 정신이 혼미하지만, 호흡하고 있고 심장이 뛰고 있어요. 아드레날린 주사를 맞지 않은 채로 한 시간이 지난 후에도, 두 시간이 지난 후에도요.

"아버님께서 따님과 함께하는 시간이 더 필요하셨나 봐요. 아니면 따님이 아버님과 함께하는 시간이 더 필요했을 수도 있고요." 장례 지도사가 나중에 저한테 말해 줬어요.

"전 아빠가 다시 요양원으로 돌아왔으면 좋겠어요." 제가 말했어요.

"항생제도 끊어야 합니다." 주치의가 갑자기 나타나서 말했어요. 항생제도 아빠 손목에 꽂힌 주삿바늘을 통해 정맥으로 주입되는 방식으로 공급되고 있어요. 아빠의 손목은 온통 멍투성이라 너무 안쓰러워요. "평소 같았으면 아버님은 이것도 저항하며 뽑으려고 했겠지요."

"근조 리본을 위해서겠죠?"

주치의는 제 말을 못 들은 척하고, 아빠를 완화 의료 병동으로 옮기게 했어요. 저는 병원 로고가 찍힌 비닐봉지에 아빠가 일주일 전 병원으로 실려 올 때 입고 있었던 조깅 바지와 셔츠를 담아서 가져갔어요. 그 봉지에 제 사진들과 아이가 그린 그림도 함께 넣었는데, 가장자리에 악어 한 마리가 있고 별이 총총한 하늘 그림이었어요. 새로 옮긴 방에 계신 아빠를 방문해 보니, 아빠는 눈이 피곤

해 보이긴 했지만 의식은 또렷했어요. 병실은 벽 색깔이 옅은 주황
색이어서 진짜 병실다운 느낌이었고요. 병실이 8층에 있어서 베를
린 시내가 내려다보였어요. 아빠의 옆 침대에는 바그너 씨가 누워
있었는데, 쇠약한 몸에 황달기가 있고 온통 멍으로 뒤덮여 있어요.
날씨가 여전히 아주 무더워서 바그너 씨는 시트를 덮지 않은 채 자
고 있었어요. 그의 보청기가 자주 큰 소리로 삐삐거렸어요. 사실 그
시간 내내 그랬어요. 만약 아빠가 그 사람 쪽을 쳐다본다면, 성십
자가교회의 햇빛에 빨갛게 빛나는 탑과 둥근 지붕과 그 뒤의 고층
건물들이 보일 거예요. 그 건물들이 지리적으로 어느 구에 속하는
지는 모르지만, 하여간 제가 이 도시에서 살기 시작한 지는 꽤 오
래되었어요.

생명을 구한다는 기본적 원칙에 따라 아빠가 병원으로 이송되지
않았거나 아빠에게 각종 기계가 투입되지 않았더라면, 아빠는 돌아
가셨겠죠. 그랬더라면 이미 사망하셨을 거예요. 그랬더라면 우리는
이런 시간을 갖지 못했겠지요, 이토록 아름다운 시간을 이렇게 오랫
동안이요. 그래서 아빠도 죽고 싶다는 바람을 표현할 수 있었고요.
죽는다는 걸 아빠 몸은 이미 알고 있었지요. 아빠는 그걸 바그너 씨
옆에 있는 새 침대에서 뚜렷하고 분명하게 반복해서 말했어요. "난
죽고 싶어."라고요. 그리고 뭘 해야 하냐고 저에게 물었어요. 아빠가
제 손을 꽉 잡으며 물었어요. "날 도와줄 수 있겠니?" 아빠는 기대
하며 애원하듯 저를 바라보았어요.

제가 전화로 여기저기 물어봤어요. 아스피린을 많이 먹는 방법도 있고 동맥을 자르는 방법도 있대요. 하지만 그걸 도대체 누가 할 수 있겠어요? 아빠는 손이 떨려서 절대 못 할 거고, 그렇다고 제가 아드레날린의 전원을 끌 수도 없어요. 특히 병원에서는 즉각 인명 구조 시스템이 작동되기 때문이에요. 스위스로 갈 수도 있어요. 거기엔 안락사 지원 단체가 있대요. 하지만 빨리 하기엔 비용이 너무 비싸요. 게다가 육중한 체구인 아빠를 데리고 그 멀리까지 가는 건 저 혼자서는 도저히 할 수가 없어요.

『일과 구조(Arbeit und Struktur)』에서 작가 볼프강 헤른도르프(Wolfgang Herrndorf)는 치료 불가능한 뇌종양 진단을 받고 난 후에 자신이 걸어간 길을 묘사했는데, 특히 자기 삶의 최후를 스스로 결정할 수 있기를 바란다고 했어요. 노이쾰른에서 산 권총으로 자신의 최후를 앞당기는 것도 한 가지 방법으로 고려할 수 있겠다고 했어요. 헤른도르프는 비슷한 예로 "독일과 같은 문명화된 국가에서는 죽으려고 하는 성인은 어떤 약국에서든지 티오펜탈* 2그램과 판쿠로늄** 20밀리그램으로 이루어진 약 패키지를 의사 처방 없이, 관료주의적인 장애물 없이, 무엇보다 심리학자와의 상담 없이 (심리학자들은 죽고 싶어 하는 사람을 마치 정신과 의지를 감정해 볼 필요가 있는 미친 사람 취급하기 때문에) 언제든지 마음대로 구매 가능해야 한다."[11]라는 글을 썼어요.

---

* 　빠른 약효 때문에 사형 집행에 사용되었던 전신 마취제.
** 　근육 이완제로, 생명 활동에 필요한 기관들의 기능을 마비시킨다.

저는 완화 의료진과의 상담을 한 번 더 부탁했어요. 그 의사는 머리를 짧게 깎은 젊은 남자였는데, 중동부 독일어 방언을 사용하는 것 같았어요. 저의 슈바벤 사투리와 비슷하지만 억양이 좀 달랐는데, 확실하진 않아요. 저는 그 의사와 함께 아빠를 휠체어에 태웠어요. 의사가 그럴 땐 아빠의 겨드랑이를 어떻게 잡아 부축해야 하는지 설명해 줬어요. 아빠에게 휴대용 산소 흡입기를 달고 병동 끝에 있는 작은 휴게실로 밀고 갔는데, 거기는 창문이 란트베어 운하 쪽으로 나 있어요. 아빠는 며칠 만에 처음으로 러닝셔츠와 조깅 바지를 입고 있어요. 제 아이가 이 의자 저 의자에 기어 올라가기에, 아이에게 연필 하나를 쥐어 줬더니 유치원 여름 축제 사진에 온통 낙서를 끄적이고 있어요. 가방에서 다른 걸 찾지 못해서 어쩔 수가 없었어요.

"우울하세요?" 의사가 마스크를 바로잡으며 물었어요.

"아니요." 아빠가 말했어요.

"그럼 우울했던 적은 있으세요?"

"네, 최근 몇 년간이요. 제 아내가 아주 내리막길을 걷고 있었거든요."

"그게 어떻게 느껴졌나요?"

"제가 할 수 있는 게 더는 아무것도 없었어요." 아빠가 이야기하고는 잠깐 힘들여 고개를 들고 밖을 쳐다봤어요. 너무 쇠약해져 기운 없이 고개를 떨구고 앉아 있던 탓에 아빠 목에 주름이 생겼네요. "상당히 암담했어요." 아빠가 덧붙였어요.

"그 당시에 우울증 약을 처방받으셨나요?"

"네."

"그리고 지금도 죽고 싶으십니까?"

"네, 이제 충분해요." 아빠의 눈길이 제 쪽으로 향했어요. 아빠 이마에 구슬땀이 맺혀 있네요. 오래 앉아서 대화하는 게 아빠에겐 너무 힘겨운 것 같았어요.

아빠가 삶을 스스로 끝낼 수 있도록 모르핀 같은 것을 충분히 주입해 줄 수는 없을지 제가 물었어요. 의사는 고개를 젓고는 안락사의 한계에 관해 한참 혼잣말을 했어요. 자기는 무신론자지만 자연의 힘과 생명의 힘을 믿는대요. 하지만 아빠가 통증을 느끼지 않게 하기에는 충분한 모르핀을 받을 수 있을 거래요. 상담 막바지에 아빠는 상세한 응급 상황 규정을 작성했어요. 병원 이송 절대 거부, 소생술 거부, 삽관 거부라고 거기에 쓰여 있어요. 무엇보다 절대 다시는 병원으로 오지 않겠다는 항목이 눈에 띄었어요. 아빠는 항암 치료 및 인슐린과 혈압 약 투여도 중지하기로 했어요. 혈전증 주사도요.

"몸이 자기 길을 가게 하고 암이 자기 할 일을 하게 하는 겁니다." 의사가 말했어요.

의사가 가고 나자 아빠가 저를 보고 말했어요. "내가 숨 막히게 하지 말아 줘. 그건 또다시 겪고 싶지 않아."

집중 치료 병동에서의 첫날 밤에 관한 이야기를, 아빠가 저에게 느릿느릿 중간에 몇 번씩 쉬어 가며 해 줬어요. 오래 말하는 게 힘들기 때문이에요. 저는 아이 손에 전화기를 쥐어 주고는 아이가 음악을 듣거나 이것저것 누를 수 있도록 해 줬어요. 아이는 그걸 일정 짜기라고 불러요. 그러자 아빠가 숨이 막힐 때 어떤 느낌이 들었는지 저에게 이야기해 줬어요. 아빠는 숨이 쉬어지지 않았는데, 누군가가 방 안을 들여다보기만 하고 들어오진 않았대요. 아빠는 숨이 막히는데 말이에요. 사람들이 복도에서 아빠에 관해 이야기하고 있었대요. 아빠는 한창 숨이 막히는데 말이에요. 유리 벽 바깥의 복도 맞은편에 의사가 앉아서 전화 통화를 하고 있었다는데, 제 생각엔 아마도 저랑 통화하고 있었던 것 같아요. 아빠가 그 의사를 쳐다봤대요. 아빠는 당장 숨이 쉬어지지 않는데 말이에요. 나중에 어떤 남자 간호사가 오더니 아빠 입에 어떤 기기를 갖다 댔는데, 그게 죽음에 대한 불안을 더 키웠대요. 그가 아빠를 죽일 것만 같았대요. 온 힘을 다해, 젖 먹던 힘까지 다해서 아빠는 그와 그 기기를 막으려고 했나 봐요. 하지만 그건 애초에 불평등한 싸움이었어요. 그 간호사는 거칠대요. 아빠가 그를 그렇게 묘사했어요. 그러고 나서야 의사가 침대로 와서 아빠를 보고 서서는 그 간호사와 이야기를 나누었대요. 그때도 아빠는 숨을 못 쉬고 있었고요. 아빠가 그의 모습을 저에게 자세히 묘사해 줬어요. 잘생긴 의사가 어두운 표정으로 서 있었다고요.

"제발, 난 질식하고 싶지 않아. 그건 절대적인 공포였어." 아빠가 저에게 말했어요.

"제가 약속할게요."

자전거를 타고 집으로 돌아오다가 저는 공황 발작을 일으키는 바람에 멈춰 설 수밖에 없었어요. 그러자 아이가 기침이 나서 그러냐고 물었어요.

아빠가 질식하지 않게 해 주겠다고 약속해도 되는 건지, 전 전혀 모르겠어요. 제가 그 약속을 지킬 수 있을지도 모르겠고요.

요양원에서 아빠를 담당하던 의사인 하거 박사의 진료실이 마침 병원과 요양원 사이에 있어요. 저는 다시 자전거에 올라타고, 예약도 안 한 상태로 진료 시간에 찾아갔어요. 박사에게 모든 사정을 이야기했어요. 그동안 아이는 제 옆에 있는 의자에 앉아서 다리를 흔들고 있었어요. 아빠가 죽고 싶어 한다는 것과, 그런데 질식하는 것을 무척 두려워하고 있다는 이야기를요. 그리고 나서 자전거를 타고 병원으로 돌아와서 아빠를 위해 몇몇 서류에 서명했어요. '의학적 조치에 대한 사전 거부'라고 거기 쓰여 있어서, 그 시스템을 문제 삼지 않는다는 것을 보장하기 위해 그 아래에 서명을 했어요. 그리고 요양원으로의 환자 이송을 위한 위탁 서류에도 서명했어요.

간호사실이 아빠 방에서 멀지 않은 곳에 있었는데, 거기에 잠겨 있는 약장에 모르핀이 담긴 앰풀들이 놓여 있었어요. 지금 아빠 손목에는, 그 까진 손목에는, 커다란 빨간 단추 하나가 달린 띠가 둘려 있어요. 그 띠를 젖히면 아빠의 문신이 보여요. 닻 모양이에요.

하지만 잉크가 많이 바래서 신경 쓰고 봐야만 알아볼 수 있어요. 아빠가 해군에서 근무하던 시절에 할리팍스 항구에서 새겼다고 했지요. 우리는 그 무렵의 사진들을 봤어요. 아빠가 몇 달 동안 먼바다를 누비고 다녔댔지요. 빌헬름스하벤으로부터 마데이라로, 대서양을 건너 푸에르토리코로, 버진아일랜드로, 포트로더데일로, 노퍽으로, 뉴욕으로, 계속해서 해안을 따라 올라갔댔어요. 하얀 세일러복을 입은 날씬하고 매부리코를 가진 아빠가 갑판 아래 야전용 간이침대에 술에 잔뜩 취해 누워 있는 사진도 있었어요.

아빠가 찍은 사진에는 바다가 많아요. 파도치는 바다, 잔잔한 바다, 달빛이 비치는 바다, 수평선에 육지가 있는 바다, 육지가 보이지 않는 바다 등 아주 다양해요. 아빠의 가장 친한 친구인 에리히를 찍은 사진은 없어요. 두 분이 함께 입대하기 직전에, 해군에서 지낼 동안 쓸 샴푸와 포마드를 마련하려고 친구분이 차를 타고 나갔다가, 도로에서 벗어나 나무를 들이받는 불의의 사고로 유명을 달리했다고 들었어요. 그래서 항상 그 친구가 곁에 없었던 거예요. 아빠는 그 친구분 이야기를 할 때면 눈물이 고여요, 지금도 여전히.

그 빛바랜 닻을 가리고 있는 손목 띠에 달린 빨간 단추를 아빠가 누르면, 간호사가 달려와요. 스티븐이라는 남자 간호사가 올 때도 있고, 다니엘라나 아빠가 '보조개'라고 부르는 마리아라는 여자 간호사가 올 때도 있어요. 아빠의 폐에 전이가 상당히 많이 된 상태라서, 호흡 곤란이 왔을 때 시간을 지체하면 안 되기 때문이에요. 호흡하는 것이 힘들어지면 모르핀 주사를 맞게 될 거예요. 아빠는 의식이 희미한 상태로 빠질 거고, 아마 다시 깨어나지 못할 거예요. 그러나 질식하지는 않을 거예요. 그걸 의사가 저에게 약속해 줬어요.

"제발요, 저는 아빠가 숨이 막히는 고통을 느끼지 않았으면 좋겠어요."

"그렇게 되도록 약속해 드리겠습니다." 하거 박사가 대답했어요.

저는 박사의 말을 신뢰해요.

"국수는 뭐로 만드는 거예요?" 저녁을 먹다가 아이가 국수를 포크로 찍어서 자기 얼굴 앞에 들고는 저에게 물었어요.

"밀로. 타작하고 빻아서, 너희가 유치원에서 해 본 것처럼. 그러니까 밀가루로." 제가 대답했어요.

"그럼 국수는 지금 죽은 거네요." 아이 말에 저는 차마 아무런 대답도 하지 못했어요.

아빠처럼 아빠의 아버지도 암에 걸리셨고, 아빠처럼 그분도 삶의 마지막 시간에 자라나는 폐암과 함께 침대에 누워 계셨죠. 아빠의 아버지는 1920년대에 에히터딩엔에 전력을 공급하는 일을 했는데, 그 지역에서 인기 있는 남자였다고 했지요. 그분의 낭랑한 저음은 합창단 활동으로 그 지역에서 유명했었고요. 저녁마다 그분은 부엌에서 젠가 게임을 했지요. 보통 여섯 명쯤 모여서 테이블 앞에 편안히 자리를 잡고요. 더 많은 사람이 모일 때도 많았댔지요. 노래를 부르기도 했고요. 그리고 아빠의 엄마가 직접 담근 과일주를 모두에게 따라 줬고요. 그런데 이런 저녁 외에 아빠는 아버지와 함께하는 시간을 거의 경험하지 못했지요. 아빠의 아버지가 이미 너무 늙었기 때문에요. 아빠가 아버지와 다니면 사람들이 이상하게 여겼고, 두 사람을 모르는 사람들은 그분을 아빠의 할아버지라고 여기곤 했댔죠.

아빠의 부모님은 부엌과 아이들 방, 즉 게르트 큰아빠와 아빠의 방 사이의 통로를 방으로 썼었죠. 아빠는 가족이 멀리 흩어진 상태에서 자랐을 뿐만 아니라, 건물과 길과 방마저 좁고 꼬불꼬불하게 배열된 속에서 유년기와 청소년기를 보낸 것 같아요. 「신비한 농장」이라는 아빠의 형 오토의 스케치에 그게 나타나 있어요. 그리고 아빠의 형과 아빠가 아침저녁으로, 또는 모자나 공 같은 것을 가지러 방에 갈 때면 헐떡거리거나 그르렁거리며 숨쉬기 힘들어하며 고통스럽게 죽어 가는 아버지 앞을 지나다녔다고 했지요.

"아빠랑 큰아빠는 할아버지 침대에 가까이 갔어요?" 제가 물었어요.

"아니."

"왜 안 갔어요?"

아빠가 조금 뜸을 들이다가 대답했어요. "더는 진짜 우리 아빠 같지가 않았거든. 거기 누워 있었던 그분은 너무나 무기력했어." 아빠는 잠깐 말을 멈췄어요. 아빠의 인공호흡 장치가 펌프질을 하는데 공기가 고인 물을 통과하면서 꾸르륵거리는 소리가 났어요. 아빠가 엄지손가락과 집게손가락으로 그 튜브를 잡고 그걸 따라가며 만지고 있어요. "우리는 그걸 보고 싶지 않았어."

"할아버지가 괴로워했나요?"

"그렇고말고."

아빠는 에히터딩엔의 변두리 근처에 아빠가 자주 기어 올라가곤 했던 보리수나무 위에 앉아 있었댔지요. 갓 열두 살이 되었을 때였고요. 오후 내내 거기에서 시간을 보내고 있는데, 이웃집 남자아이가 지나가다가 아빠를 올려다보며 불렀지요. 아빠는 상당히 위쪽에 앉아 있었는데, 큰 가지가 심상치 않게 휘어지더니 뚝 부러졌어요. 아빠의 아버지가 돌아가셨어요.

"질식사하신 걸까요?"

"응," 아빠가 힘겹게 숨을 내쉬었어요. "그 지역 장의사가 와서 아버지에게 옷을 차려입혀 줬어. 그랬는데도 얼굴은 여전히 푸르스름하더라."

질문들

처음엔 엄마가 뭐든 세 번씩 물었어요. 네 번, 열 번씩 묻기도 했어요.

"내가 정말로 뭐든지 묻고 또 묻니, 마렌?"

"네."

그러자 엄마가 혹시 했던 질문을 또 하면 엄마한테 말해 달라고 부탁했어요. 그리고 제가 정확히 어떤 걸 이미 물었는지 말해 줄 때마다 엄마는 깜짝 놀랐어요. 그럼 아주 잠깐, 엄마도 아는 척했어요. "아 그래, 맞다." 엄마가 고개를 가로저었어요. 초기 몇 년간 엄마는 자신이 느끼고 있고 알고 있는 것을 거부하는 것 같았어요. 연속성을 서서히 상실하고 있다는 것을 부정하고, 일시적이고 일회적인 기억 상실로 취급하거나 공격적으로 상대방에게 떠넘기기도 했어요. 2, 3분쯤 지나면 엄마가 또다시 물었어요. 병이 더 진행되면 될수록 반복하는 것도 그만큼 심해졌어요. 반복하지 않는 일이 점점 더 적어졌어요. 나중엔 요양원에서 「프레르 자크」*라는 노래에 사로잡혀서는 왜 자꾸만 이 곡이 떠오르는지 그리고 그게 무슨 뜻인지 되풀이해서 물었어요. 제가 그 노래를 엄마랑 같이 여러 번 부르다가 독일어 버전으로도 부르기 시작했어요. 그런데 '야코프 형제님(Bruder Jakob)'으로 바꿔 불러도 별다른 소득이 없었기 때문에 엄마의 질문을 무시하기 시작했어요. 엄마는 질문하는 표현조차 매번 똑같았거든요. 엄마가 나중에는 의자에 앉아서 왼쪽 다리를 오른쪽 다리 위에 올린 채로 두 시간 정도는 너끈히 꼼짝 않고 앉아 있을 수 있을 정도였어요. 제가 엄마에게 물 한 잔을 건네줘도 거들떠보지도 않고 다시 가져갈 때까지 손에 들고만 있었어요. 엄마는 그렇게

---

* Frère Jacques, 프랑스어로 '자크 형제님'이란 뜻으로, 유명한 동요이다. 돌림 노래로도 많이 불린다. 늦잠 자는 자크 수도사에게 아침 종을 울려야 한다고 알리는 노랫말을 담고 있으며, 영어로는 'Are you sleeping?'이란 제목으로 잘 알려져 있다.

앉아 있으면서 단어 선택이나 억양에도 전혀 차이가 없이 똑같은 질문을 계속해 댔어요. 질문하는 데 엄마 나름의 방식이 있긴 했는데, 언제나 처음 질문하는 것같이 묻는 거였어요. 「헤이요, 마차를 준비시켜라」 같은 새로운 노래를 부르기 시작하는 게 도움이 되기도 했어요. 아빠도 중저음으로 함께 부르기 시작하자 돌림 노래가 되었어요. 아빠는 누워 있는 자세인데도 아직 목소리에 힘이 있었어요.

휴가 때뿐만 아니라 집에서도 아빠 엄마는 매일 울베르크산 앞에 있는 음식점으로 외식을 하러 갔었지요. 아빠 엄마는 단골손님 지정석이 있었어요, 벽난로 옆이었어요. 음식점에 들어서자 종업원들이 아빠 엄마의 이름을 부르며 인사했어요. 그들은 아빠가 좋아하는 음식이 뭔지도 알고 있었고 아빠에게 로스구이를 추천해 주기도 했어요. 그런데 엄마는 메뉴판은 들여다보지도 않고 아빠 얼굴만 쳐다보고 있더니 종업원이 오자마자 엄마는 아빠가 선택한 것을 그대로 선택했어요. 그래서 엄마에게도 로스구이가 나왔었지요. 그 무렵부터 엄마는 저에게 전화하는 것을 멈췄어요. 하지만 제가 전화하면 반갑게 받고는 이것저것 많은 것을 물었어요. 다만 똑같은 것을 자꾸만 되풀이해서 묻는 때가 많았어요. 그리고 저와 깊은 대화를 하고 싶어 했어요. 저의 세계로부터 무언가를 들어 알고 싶은 바람은 아직 있었지만 그걸 굳이 전화를 걸어서까지 들으려는 충동은 사라졌어요. 제가 아이에 관해 이야기했어요. 예를 들면 방금 아이가 나무 블록을 손에 들고 "빨강?" "파랑?" "초록?" 하고 물으면서 색깔을 배우려고 했다고요. 제가 그 이야기를 아이가 모든 걸 제때 스스로 배운다는 말로 마무리하자, 엄마가 행복해하며 되풀이해서 이야기했어요.

그리고 나서 엄마는 노란색 티셔츠와 하얀 조끼를 입었어요. 엄마가 보덴 호수를 갈 때면 으레 입던 복장인데 며칠 동안, 몇 달 동안, 가을에도 겨울에도 입었어요. 저는 엄마의 변화에 대해 아빠가 전화로 언급하는 것을 듣고 단지 단편적으로만 이해했어요. 아빠는 엄마가 가까이 있었기 때문에 장황하고 난해하게 이야기했지만, 저는 알아들었어요. 두 분이 더는 합창단에 참여할 수 없다는 것과, 아빠는 엄마를 혼자 집에 두고 싶지 않기 때문에 저녁에 더는 볼링 치러 못 간다는 것을요. 불(Boule) 게임*을 할 때 엄마가 상대편 공과 자기 편 공을 구분하지 못해서 다툼이 있었다는 것도요. 각종 모임에 참가하던 삶으로부터 아빠 엄마가 점점 더 물러나게 된 거였어요. 저는 제가 나서야 한다는 걸 알았어요. 아빠 엄마의 삶이 아직은 둘이서 어느 정도 기능하고 있지만, 종말을 맞이하게 될 거라는 것과, 그걸 제가 준비해야 한다는 것을요.

엄마의 요양 등급 심사 일정 때문에, 제가 아빠 엄마가 계신 곳으로 갔어요. 아빠의 담배 연기가 거실에 자욱했고, 묵직하고 어둡게 드리워져 있는 커튼에 온통 담배 냄새가 배어 있었어요. 커튼 뒤

---

* 프랑스식 공놀이. 자신의 쇠공인 불을 상대보다 목표 공에 더 가깝게 던지는 것을 겨루는 스포츠로, 투구 기술 외에 전략과 전술이 매우 중요시된다.

유리창들은 덕지덕지 얼룩과 먼지투성이였고요. 저는 엄마가 집안일을 제대로 하지 못하는 것을 엄마가 쇠락하고 있다는 판단의 근거로 삼고 싶진 않았어요. 마치 엄마의 존재가 희미해지는 것이 끈적끈적한 냉장고의 줄어든 내용물에서 드러나는 것처럼요. 그러나 저는 항상 모든 걸 다 하던 엄마가 그걸 그만두는 것이 무엇을 뜻하는지 알고 싶어요. 서류철을 뒤적이며 아빠 엄마의 재정 상황을 살펴보다가, 제가 태어나자 엄마가 일을 그만둘 수밖에 없었다는 것과, 제가 학교에 들어가자 엄마가 오전에만 겨우 일할 수 있었다는게 무엇을 의미하는지 이해하게 되었어요. 엄마는 우리 지역 공업 단지에 있는 실내 장식 업체에서 비서 일자리를 갖고 있었어요. 이따금 마지막 수업이 휴강하면, 제가 거기로 엄마를 마중 나가곤 했는데, 엄마는 창가에 바싹 붙어 앉아서 길 건너편에 서 있는 저를 보고 손을 흔들었어요. 이제 엄마는 늙고 가난해서 매달 몇백 유로의 연금을 받고 있어요. 더 정확히 말하자면 아빠가 없다면, 늙은 엄마가 가련하기까지 할 거예요. 저는 그 반대는 아닌지 궁금해요. 엄마가 아빠 때문에, 아빠가 아무 일도 하지 않았기 때문에, 지금도 하지 않고 있기 때문에 늙어서 가난하게 지내는 것 같거든요.

엄마는 입었던 옷을 샤워 후에 다시 입었어요. 아빠가 그걸 보긴 했지만, 그렇다고 엄마가 샤워하는 동안 상쾌한 새 속옷과 새 바지를 내놓아 주지는 않았어요. 그건 은밀하게 재빨리 해야 했거든요. 다른 사람이 도우려고 시도하면 엄마가 몹시 화를 내니까요. 그걸 엄마는 자신의 자율성에 개입하는 거라고 여겨서 거부했어요.

유감스럽게도 저는 엄마의 행동을 나중에야 비로소 알았어요. 지금 제가 엄마를 껴안았는데 제 눈엔 엄마 바지의 얼룩만 보였거든요. 엄마 옷에서 풍기는, 코를 찌르는 독한 냄새는 이미 인지하고 있었고요.

아빠는 테이블 앞에 축 늘어져 앉은 채, 가득 찬 재떨이 옆에 재를 떨고 십자말풀이를 하고 있었어요. 아빠는 날마다 옷을 갈아입고 매일 샤워하고 면도용 화장수를 바르는데도 아빠에게서도 냄새가 났어요. 아빠가 건강도 좋지 않은 데다가 술을 워낙 많이 마시기 때문이었어요. 아빠는 저녁에야 비로소 첫 번째 포도주병 뚜껑을 열었어도 결국엔 여러 병을 마셨거든요. 그건 제가 어린 시절부터 늘 맡아 왔던, 코를 찌르는 역한 냄새예요. 지하철에서 멋진 양복을 입은 어떤 남자도 그렇고, 슈퍼마켓 계산원도 그렇고, 이런 체취를 풍기는 사람은 모두 알코올 중독자라는 걸 저는 알아차릴 수 있어요. 이번엔 제가 예외적으로 아이를 데려가지 않았기 때문에, 지금 저는 아빠와 함께 그리고 아빠의 리듬에 맞춰서 아빠의 필터 없는 독한 담배를 피우고 있어요. 저는 도무지 어디에서부터 일을 시작해야 할지 알 수 없어서 아무것도 못 하고 일단 앉아 있었어요. 그러는 사이에 혀에서 담배 부스러기를 뜯어냈어요. 저는 결국 침실로 살금살금 들어가서 옷장에 있는 엄마 옷에서 냄새를 맡아 봤어요. 마침내 거의 모든 옷을 옷걸이에서 빼내기로 결단을 내리고, 엄마가 부엌으로 가자마자 빨래 바구니를 가득 채워서는 세탁실로 갔어요.

의료 보험 조합의 의학 업무 팀에서 나온 여자 심사 위원은 물한 모금도 마시지 못했어요. 아빠 엄마에게는 탄산수가 아직 네 상자나 있었는데도요. 아빠 엄마는 제가 어렸을 때부터 늘 자동차를 타고 나가서 음료 전문 시장에서 탄산수를 몇 상자씩 사다가 쟁여 놓곤 했지요. 그 심사 위원은 아빠와 제가 만들어 낸 자욱한 연기 속에서 우리와 함께 앉아서 엄마에게 자기가 방문한 이유가 뭔지 알고 있냐고 물었어요.

"제 건망증 때문이죠." 엄마가 대답했는데, 그건 차마 요양 등급 산정 일정 때문이라고 밝힐 수 없어서 제가 꾸며 내서 말해 줬던 단어예요.

대화가 끝나자 그 심사 위원이 제가 손에 들고 있던 목록을 받아 들었어요. 그 목록의 여러 항목에 제가 체크를 하고 메모를 해 놓았어요. '여러 단계의 일상 행동 조절' 항목에서 저는 '빈약한 정도의 능력이 존재함'에 표시했어요. 예로 '요리(감자튀김)'라고 그 옆에 쓰여 있었어요. 그런데 그 위원은 제가 표시한 것을 줄을 그어 지우고, 더 왼쪽에 있는 '대부분의 능력이 존재함'에 표시를 했어요. 이어서 곧바로 '사정과 정보의 이해' 항목도 앞으로 한 칸만큼 옮겨서 '대부분 존재함'에 표시하자, 엄마가 그 위원을 흐뭇하게 미소 지으며 바라봤어요. 저에게 다른 사람들이 예측하여 미리 말해 줬던 것처럼 그게 좀 그랬어요. 심사가 부적절해서 제대로 등급을 받지 못하는 경우가 많다고들 했었거든요. 저는 먼저 그 심사 위원에게 친절하게 대화를 이끌어 준 것에 관해 정중히 감사하고 나서 '4.2.1. 비교적 가까운 주변 사람들을 식별하기'로부터 '6.2.1. 가계 운영'에 이르기까지

일곱 쪽에 달하는 모든 항목을 조목조목 따지며 이의를 제기했고, 마침내 제 나름의 채점 결과를 인정받았어요.

　제가 다시 베를린에 온 지 이미 꽤 오래되었어요. 아빠가 밤에 술에 취해 바닥에, 테라코타 타일 바닥에 쿵 넘어졌기 때문이에요. 2주가 지나자 팔이 온통 멍투성이가 되었고 이루 말할 수 없는 통증 때문에 움직일 수도 없는 지경이 되었죠. 제 생각엔 깨진 뼈가 살을 누르기 때문인 것 같아요. 아빠는 결국 큰아빠에게 전화해서 의사에게 데려가 줄 수 있냐고 했어요. 그런 다음에야 저에게 전화했지요. 저한테 절대 전화 거는 법이 없던 아빠인데요. 저에게 전화하는 건 언제나 엄마의 일이었기 때문이죠. 엄마가 능력을 상실해서 늘 하던 일을 더는 하지 못하게 되었는데도 아빠는 그걸 떠맡지 않았어요. 엄마가 하던 일을 잘 몰랐기 때문이기도 했고, 한편으로는 아빠가 이미 너무 깊은 우울감에 빠져 있기 때문이기도 했어요. 그런데 그 우울증은 아빠의 아버지가 물려준 것 같아요.
　저는 바덴의 운터우커 호수에서 방금 왔어요. 여름휴가 때 아빠 엄마 집에 들르지 않은 건 이번이 처음이네요. 두 분이 더는 휴가를 떠나지 않게 되었기 때문이에요. 보덴 호숫가에서 시간을 보내고 난 후에, 아빠와 엄마가 더는 어디로도 가지 못할 거라는 게 명확해졌어요. 두 분은 산 지 1년 된 자동차를 제게 넘겨주셨는데, 타코 미터가 110킬로미터밖에 되지 않았어요. 그것도 슈퍼마켓에 장을 보러 가거나 음료수를 사러 다닌 것뿐이었어요. 그런데 방금 씻고 나오는데 전화가 와서, 한 손으로 물기를 닦으면서, 다른 손으로 전화기가 젖은 머리에 닿지 않게 들고 받았더니 아빠 목소리가 들렸어요. "내가 병원에 입원해야 해, 마릴레. 수술을 받아야 해."

전화기에서 늙고 고단한 남자의 목소리가 들려와서, 내용이 아니라도 제 목소리가 떨렸어요. "그럼 엄마는요?" 아빠와 마찬가지로 저한테도 첫 번째로 떠오르는 게 엄마 생각이었어요.

아빠는 차마 아무 말도 하지 못했어요.

"제가 갈까요?"

"응."

아빠가 '응, 와서 얼마나 가련한지 좀 봐라. 와라, 딸내미, 그리고 날 좀 자세히 봐라.'라고 하는 것 같았어요. 뚜껑을 딴 살구 잼 캔이 식료품 보관용 찬장에 에스프레소 기기 뒤편에 놓여 있어서, 검은 곰팡이가 가장자리 위로 솟아 나오고 있었어요. 그에 비해 냉장고는 텅 비어 있었고 '노인 식사 배달 서비스'라고 쓰여 있는 알루미늄 접시 세 개밖에 없었어요. 제가 아빠 엄마에게 가사 도우미를 불러 줬었기 때문에, 그런 점에서는 깨끗한 편이었어요. 그러나 냉장고 옆에 있는 매트리스들을 보니 두 분이 끔찍한 상태라는 것을 알 수 있었어요. 정면 쪽 커다란 창문으로 들판이 보이는 두 분 소유의 아름다운 집에서, 두 분은 방치된 상태로 있었던 거예요.

저는 아이와 함께 작고 좁은 방에 짐을 풀었어요. 제가 어릴 적에 쓰지는 않았지만 방문할 때마다 늘 자던 방이었어요.

제가 아빠를 병원으로 태워 가서 입원시켜 드렸지요.

매일 밤 엄마가 제 방으로 와서 아빠에 대해 "도대체 쿠르트는 어디 있니?"라고 필사적으로 물어 댔어요. 그러면 저는 아이가 깨지 않도록 가능한 한 아주 조용히 엄마를 다시 침대로 데려다줬어요. "아빠는 병원에 입원해 계세요, 곧 다시 오실 거예요."라고 제가 달래며, 엄마가 누울 수 있도록 이불을 뒤로 젖혀 줬어요. 그러면서 혹시나 아이가 깼을까 봐 손님방 쪽으로 귀를 기울이며 엄마를 덮어 줬어요.

제가 병원에 입원한 아빠를 방문했지요. 그런데 아빠는 제가 아빠를 거의 이해하지 못할 거라고 혀 꼬부라진 소리로 말했어요. 아빠가 병원과 재활 병동을 거쳐서 퇴원한 후에야 비로소 저는 아빠가 수술 후유증 약과 진통제 외에 금단 증상에 이르지 않도록 하는 약을 받았다는 사실을 분명히 알게 되었어요. 그래서 이 글 초반에 아빠가 알코올 중독자라고 서술했었던 거예요. 저는 점차 그 사실을 그냥 편히 말할 수 있게 되었어요.

그런데 엄마가 아이 손에서 리모컨을 잡아 뺏고는 이건 장난감이 아니라고 소리를 질렀어요. 그때 아이는 한창 전화 놀이 중이었거든요.

밤마다 엄마는 집 안을 돌아다니며 모든 전구를 돌려서 뺐어요. 그러니까 정말로 전부 다 뺐어요. 어느 날 자다가 깨어 보니 엄마가 어두운 제 방 한복판에 의자 위에 서서, 전구를 빼려고 전등갓을 천정으로부터 떼어 내고 있었어요. 저녁 먹을 때 복도에서 빛이 깜빡거리다가 완전히 꺼져버렸었거든요.

이런 사소한 사건이 엄마를 밤에 또 한 번 나오게끔 만든 것이 틀림없었어요. 제가 편안한 목소리로 엄마를 다독여 의자에서 끌어내렸어요. 엄마는 전구 때문에 화가 나서 그랬대요. 엄마를 끌어안고 다시 침대로 데려다줬어요. 아이는 이미 울고 있었고요.

그다음 날 아이는 발코니에서 신나게 뛰어다니며 타일과 난간 사이에 놓인 작은 돌들을 길에 던지고 있었어요. 아이가 거기에서도 드러나는 제 스트레스를 느낀 거예요. 아이를 말리느라 거칠게 확 잡긴 했는데, 마음으로는 곧바로 미안했어요. 이웃들이 벨을 울리고 무슨 일인지 알고 싶어 했어요. 물론 대놓고 묻지는 않았고, 피상적으로 아빠가 병원에서 어떻게 지내냐고만 물었어요. 그리고 엄마는 바지 지퍼가 열린 채 문 쪽으로 와서 제 뒤에 서 있었어요. 이웃들이 돌아간 다음 저는 다시 엄마와 긴 의자로 돌아와 앉아 있었고, 아이는 우리 앞에서 모래를 파헤치며 놀고 있었어요. 엄마는 아이가 짓고 있는 모래 언덕과 굴에 열광하며 아이를 칭찬해 줬어요.

저는 주간 돌봄 센터에 엄마 자리 하나를 구하자, 주변 요양원들에 전화를 걸어서 대기자 명단에 올렸던 걸 취소했어요. 센터는 플라인스바흐 강가에 있는 건물이었는데 월요일부터 금요일까지 9시부터 오후 4시까지 엄마를 돌봐 줬어요. 제가 엄마를 '적응시키는' 동안, 아이는 긴 복도의 새장 앞에 꼼짝 않고 서서 횃대 위에 앉아 있는 카나리아들을 관찰하고 있었어요. 엄마한테 주간 돌봄 센터에 적응하는 시간을 많이 주진 못했어요. 제가 계약서에 서명한 후 엄마와 탁자 앞에 앉아서, 열세 명이 옆에서 아침 식사하는 모습을 10분 동안 함께 바라본 게 전부였거든요. 저는 그런 다음 바로 일어서서 아이 손을 잡고 병원에 계신 아빠에게로 갔어요. 거기서 아빠가 퇴원 후에 입원 가능한 재활원을 전화로 알아봤어요. 엄마는 이제 매일 아침 차량 운행 서비스 팀에서 데리러 와요. 엄마를 깨워서 아침 식사를 하게끔 하는 것도 힘들지만, 무엇보다 엄마에게 날마다 오후까지 주간 돌봄 센터에서 지내야 한다는 걸 설명하는 게 정말 힘들어요. "제가 일해야 하거든요."라고 말하고, 아이를 돌봐야 한다는 것을 근거로 댈 수밖에 없었는데, 그건 사실이었어요. 아빠 엄마를 보살피는 것이 몇 주째 계속하고 있는 진짜 일이기 때문에, 어떤 면에서 지금 베를린에서 저 자신의 삶은 아주 오랫동안 중단되어 있는 셈이었어요. 그렇지만 이제 엄마가 주간 돌봄 센터에 다니게 되면서 저한테도 시간이 좀 생겼어요. 때로는 아이와 놀아 주거나 친구에게 전화할 수도 있게 되었어요. 그리고 아빠가 재활원에서 퇴원한 후 하루에 두 번, 두 분 집에 간호사가 들를 수 있도록 틈틈이 준비도 했어요.

마치 아빠가 수중 재활 운동과 물리 치료를 하고, 재활원의 방 앞 발코니에서 담배를 피우며 저녁 시간을 보내면, 다시 기운을 차릴 것만 같아 보였어요. 이따금 심지어 아빠가 술을 끊을 수도 있겠다는 생각도 들었어요. 그런 희망을 품고 두 분의 집을 들락거렸어요. 그런데 옷장과 다용도실과 지하실을 들여다보면 볼수록 엄마가 이미 몇 년 전부터 정리에 신경 쓰는 걸 그만뒀고, 아빠는 그걸 가만히 내버려 두었다는 것이 분명해 보였어요. 아빠의 형수, 내게는 큰엄마인 이름가르트가 모든 걸 다시 분류하는 것을 도와줬고, 완전히 해진 옷과 한 짝짜리 신발들을 자루에 담아 폐기했어요. 함께 일하는 동안, 저는 큰엄마가 상황을 얼마나 근본적으로 파악하고 있는지 알아차렸어요. 때로는 저보다 더 많이 알고 있었어요. 그리고 큰엄마가 저와 우리 가족을 지원할 준비가 얼마나 많이 되어 있는지 실감했어요. 저는 큰엄마에 대해 어린아이 같은 심정으로 감사하는 마음을 품고 이 실마리를 붙잡았는데, 그 실마리는 계속 유지되었을 뿐만 아니라 점차 더 단단해졌어요.

저는 아빠와 엄마의 자전거 복장을 손에 들고 얼굴을 옷에 파묻다시피 하며 냄새를 맡았어요. 옷에선 합성 섬유 냄새뿐만 아니라 아빠 엄마의 냄새가 났거든요. 아빠 엄마는 더는 자전거를 타지 못할 거예요. 저는 그걸 단번에 알게 되었어요. 하여튼 아빠 엄마가 10년 전만 해도 거뜬히 다녔던 것처럼, 에스트레마두라를 통해서는 못 가겠죠. 마드리드로부터 카스티야고원을 거쳐서 몬프라구에국립공원으로, 들판을 지나 울베르크타워로는 더는 못 가겠죠.

아빠 엄마를 위해 새 매트리스를 사고 이불을 빨았어요. 제가 설계한 구조가 아빠의 부담을 덜어 주리라 생각했어요. 집 안 살림살이가 명료하게 분류되어 있고, 엄마가 주간 돌봄 센터에 다니고 있고, 날마다 간호사가 아빠 엄마를 방문하도록 해 놓았거든요. 그러나 아빠가 재활원에서 돌아오게 되어, 제가 아이 손을 잡고 다시 베를린으로 갔을 때, 엄마는 아침마다 아빠가 샤워하고 옷 입는 것을 도와주는 여자 간호사의 손길을 언짢아했어요. 그래서 아빠는 아직 붕대를 감고 있어 팔을 제대로 움직일 수가 없는데도 결국 돌봄 서비스를 해지했어요. 뚜껑을 딴 포도주병이 부엌에 놓여 있다고, 아빠 엄마를 방문하러 온 큰엄마가 저에게 이야기해 줬어요. 그리고 엄마는 더는 주간 돌봄 센터에 다니지 않고 다시 집에 머무르고 있었어요. 제가 정말 어렵사리 마련해 놓은 모든 것을 아빠는 단 며칠 만에 끝내 버렸어요. 아빠가 없을 때 엄마가 주간 돌봄 센터에 다니는 것이 아주 효과가 좋았다고, 적어도 그것만이라도 꼭 유지해 달라고 아빠에게 전화로 그렇게 간청했는데도요. 엄마는 결국 엄마 냄새에 다시 파묻혔어요. 샤워를 더는 절대 하지 않기 때문이에요. 아빠 엄마는 노인 식사 배달 서비스로 온 알루미늄 접시에 담긴 음식만 먹고 있어요. 아빠 엄마가 이번엔 한 단계 더 악화하는 두 번째 라운드로 들어가기로 직접 선택해 버린 거였어요.

　아빠가 또 테라코타 타일 바닥에 쿵 넘어져 다치거나, 이번엔 텔레비전 탁자의 모서리에 부딪혀 다치거나, 엄마가 밤마다 다시 전기 기기들을 돌려서 빼 버리기 시작하는 건 단지 시간문제일 뿐이에요. 아빠 엄마의 삶은 두 분이 더는 서로 돕지도 못하고, 말릴 수도 없는 불안정한 구조가 되어 버렸어요. 그래서 제가 다시 아이 손을 잡고 가서, 두 분의 집 발코니에 아빠와 함께 앉았어요. 큰엄마가 와서 부엌에서 엄마와 대화를 해 보려고 애쓰고 있지만, 대화는커녕 엄마를 아빠로부터 잠깐 떼어 놓기조차 그렇게 쉽지가 않았어요. 엄마가 미심쩍은 눈길로 부엌에서 발코니 쪽을 내다봤어요. 거기에서 저는 아빠쪽으로 몸을 숙이고 아빠 엄마가 더는 그렇게 지낼 수 없을 거라고 이야기하고 있었어요. 아이는 큰엄마가 선물해 준 곰 인형을 가지고 제 발치에서 놀고 있었고요.

"그러지 않으면 제가 엄마를 베를린으로 데려갈 거예요." 제 말이 협박처럼 들렸을 거예요.

아빠는 제가 말하는 걸 듣고 이해해요. 그러나 힘이 없어요. 전 그걸 알아요. 아빠가 "괜찮아."라고 말했지만, 제가 보기엔 대화를 끝내려고 그렇게 말한 것 같았어요. 아빠가 저를 고단하고 슬픔에 찬 눈으로 쳐다봤어요. 아빠는 한쪽 어깨가 다른 쪽보다 더 올라간 상태로 비스듬하게 앉아 있었는데, 이 수술 후유증은 해가 갈수록 점점 더 심해지더니, 왼쪽 팔이 더 무력해지고 가늘어져서 처져 있게 되었어요.

"성마리엔시니어재단입니다."

"안녕하세요? 저는 마렌 부어스터입니다. 저희 어머니 때문에 전화 걸었습니다."

"크로이츠베르크요양원입니다."

"안녕하세요? 지금 여자 환자들도 받으시는지 문의드리고 싶습니다."

"아가플레지온베타니엔하우스 베테스다입니다."

"저희 어머니가 가실 자리 하나를 찾고 있습니다. 제가 한번 들러도 될까요?"

"부어스터 씨? 저는 라우흐입니다. 라우흐 박사요. 아버님 상태
가 좋지 않습니다. 그래서 아버님께 병원에서 종합 검진을 받으시도
록 진단서를 발급해 드리려고 합니다. 뭔가가 잘못된 것 같습니다."
　아빠와 엄마의 가정의가 진단서에 'CA?'라고 썼어요. 세포 암, 악
성 종양, 암에 해당하는 CA를요.

"부어스터 씨, 이제 어머님 자리가 하나 났습니다. 그 자리를 며
칠 비워 놓을게요. 계약서를 보내드리겠습니다."
　"저희 아버지에게 실버타운은 어떨까요?"
　"됩니다. 대기 목록에 올리겠습니다."

　그러고 나서 얼마 되지 않아서 아빠가 두 번째로 전화기를 들고
저에게 전화를 걸었죠.
　"다 취소해야 해. 안 되겠어."
　왜냐하면 엄마가 요양원으로 가게 될 거라고 짐작하고 있다가,
사실임을 알게 되었다가, 잊어버렸는데, 아빠가 차마 거짓말을 할
수 없어서, 아빠는 늘 엄마에게 솔직하시죠, 아무튼, 솔직하고 정직
하기 때문에, 엄마에게 요양원으로 간다는 것을 깨우쳐 줬는데, 그
때부터 엄마가 고함을 지르고 한탄하기를 거의 무한 반복하고 있나
봐요.

아빠가 이렇게 말했어요. "나는 내가 수컷인지 암컷인지도 더는 모르겠어. 난 곧 발코니에서 뛰어내릴 거야."

그런데도 저는 요양원 계약서에 서명하고 엄마를 데리러 갔어요. 몇 시간 후 아빠 엄마 집에 도착해 보니 아빠가 이해되었어요. 그건 도저히 견딜 수 있는 수준이 아니었어요. 그래서 저는 엄마에게 거짓말을 했어요. 며칠 동안 저와 함께 베를린으로 가서 그 도시를 구경할 거라고요. "엄마, 우리 베를린 구경해요, 예전처럼요. 아빠가 병원에 입원하거든요."

효과가 없어요. 엄마의 푸념이 그치지 않아요. "왜 나를 가만히 내버려 두지 않는 거야? 왜 내가 원치도 않는 걸 해야 하는 건데?" 엄마가 욕실에 서서 머리를 빗으며 물었어요.

엄마의 탄식이 나선형으로 집 안을 맴돌며 아빠와 저를 소용돌이 속으로 몰아넣었어요. 엄마의 정당한 질문들에 대답하기가 힘들고 복잡했어요. 저는 그걸 말할 엄두가 나지 않았어요. 어떤 말로도 엄마를 진정시키진 못했어요.

제가 어린 시절에 성급히 긁어서 상처가 난 적이 있다는 걸 기억하고 있는데, 그 자리들이 아직 희미하게 남아 있어요. 엄마가 다림질하거나 치울 때, 슈바벤식 표현으로 혼자 발을 동동거릴 때, 엄마는 항상 우리를 위해 모든 것을 해야 했는데, 왜 아무도 엄마에게 조금도 감사하지 않고, 왜 모든 게 엄마에게 매달려 있는지 모르겠다고 한탄했어요.

"여기서 이대로 더는 안 되니까요." 엄마가 욕실에서 나왔을 때 제가 필사적으로 제안하며 팔로 방을 대충 문질러 닦았어요. 엄마가 화가 나서 일그러진 얼굴로 저를 쳐다보며 아빠 엄마의 삶에 끼어들지 말라고 소리 질렀어요.

"천만에요, 아빠와 엄마는 더는 사는 게 사는 게 아니잖아요."
제가 소리 질렀어요.

엄마가 손을 들고 저를 때리려고 해서 제가 몇 걸음 뒤로 물러섰어요. 아빠는 탁자 앞에 슬픈 눈으로 앉아 있어요.

끔찍한 느낌이었어요. 관계를 파악하지 못하는 엄마, 저랑 같은 눈높이에서 만날 수 없는 엄마, 제가 이런 입장을 엄마에게 고백하지도 못하는데, 그런 엄마를 위해 이런 변화를 꾀하는 건 잔인한 행동이기 때문이에요. 뭔가 획기적인 일이 일어나고 있다는 느낌을 받은 엄마가 자기 의지를 격렬하게 드러내는데 저는 그런 엄마의 뜻과 반대로 결정을 내린 거였어요. 저는 결정을 내린 동시에 의구심이 들었어요.

저녁에 제가 작고 좁은 방에 누워 있을 때, 침대에서 일어나면 매번 테이블에 부딪힐 수밖에 없는 구조여서 늘 짜증이 났어요. 그런데 저는 일어나고 싶었어요. 엄마가 깨서 방으로 오지 않도록 조용히 모든 걸 가방에 주워 담아 짐을 싸고 싶었어요. 아빠는 언제나 그렇듯이 혼수상태나 다름없이 잠에 곯아떨어졌고요. 저는 가서 절대 다시 돌아오고 싶지 않았어요. 하지만 엄마가 완전히 이성을 잃을 수도 있겠죠. 아빠가 집에서 테라코타 타일 위에 쓰러져 죽을 수도 있겠죠. 4층 아래 아스팔트 바닥에 떨어져 죽을 수도 있겠고요.

전 상관없어요.

아뇨, 당연히 그럴 리가 없지요. 전 떠나지 않고 머물렀어요. 엄마가 항상 머물렀던 것처럼. 아침에 제가 엄마한테 진정제를 드렸는데, 엄마가 뭔지 묻지도 않고 즉시 삼켰어요. 라우흐 박사가 엄마를 위해 저한테 처방해 준 거예요. 예전엔 그분이 저한테 반말을 썼었는데, 지금은 존댓말을 써요. "어머니께 너무 많이 드리진 마세요. 그러지 않으면 자면서 오줌을 싸실 수도 있거든요."

그리고 저는 엄마를 어떻게든 비행기에 데리고 들어갔다가 다시 무사히 내리도록 해야 했어요. 예약할 때 저는 인지 능력 장애가 있는 사람과 여행을 해서 지원이 필요하다는 것을 클릭했는데, 실제로는 전혀 필요하지 않았어요. 약이 작용하자마자 엄마는 관찰하고, 걷고, 앉는 간단한 행동만 하게 되었어요. 어쩌면 아빠가 엄마 곁에 없는 탓일 수도 있어요. 우리는 현관문 앞에서 재빨리 아빠에게 작별 인사를 하자마자, 공항으로 가는 자동차에 올라탔어요, 큰아빠가 우리를 태워다 주는 동안 엄마는 신경을 거슬리게 잡아당기지도 않고 편안히 제 쪽에 있었어요. 비행기 탑승 전에 제가 엄마에게 알약을 하나 더 드렸어요.

택시를 타고 요양원으로 가는 중에 엄마가 몽롱한 상태에서 깨어나더니 어느 동네냐고 물었어요, 자꾸만. "라이니켄도르프인 것 같은데." "테겔입니다." 여자 택시기사가 말해 줬어요.

"모아비트." "베딩." "미테." "크로이츠베르크." "아직도 크로이츠베르크." 그러는 사이에 제가 엄마에게 제집은 너무 작고 방이 딱 두 개밖에 없어서 엄마가 함께 잘 수 없다고 설명하려고 했어요. "이미 알고 계시다시피요, 엄마." 그래서 숙소가 바로 그 옆의 '펜션'이라고요. 그렇게 미리 생각해 두긴 했는데 이 거짓말이 얼마나 오래 유지될지 의문스러웠어요. 입구에 '요양원'이라고 큼지막하게 쓰여 있고, 그 아래에 시니어 거주 그룹, 주간 돌봄, 치매 분야라고 요양원에서 제공하는 세부 서비스 항목이 표기되어 있었거든요. 제가 택시 트렁크에서 엄마의 짐을 꺼내는 동안 엄마가 간판을 살펴봤어요,

요양원장이 꽃다발을 들고 우리를 기다리고 있었어요. 그런데 원장이 대체 엄마는 어디 계시냐고 물어서 잠시 당황스러웠어요. 엄마가 아직 예쁘고 첫눈엔 아주 생기가 넘쳐 보인다면서요. 그 소견은 저한테도 해당했어요. 요양원장이 품은 의심을 저도 품고 몇 달 동안 간직한 채, 혹시 엄마의 상태가 다르게 진행되진 않았을지 저 자신에게 끊임없이 묻고 또 물었지요.

우리는 복도로 걸어갔는데, 그런 복도를 저는 이미 알고 있었어요. 수많은 요양원을 찾아다녀 봤는데, 그때 제가 본 복도 모습이 다 하나같았거든요. 제가 엄마 트렁크를 끌고 한 목회자와 커다란 꽃다발을 든 요양원장과 함께 복도를 통과해서 가다가 어떤 방으로 들어갔어요. 다른 여자와 함께 쓰는 방이었는데, 그 분은 침대에 누워서 천정을 빤히 쳐다보고 있었어요. 그 순간이 엄마에게 확 와닿으면서 엄마가 상황을 의식하게 되었나 봐요. 엄마가 창가 쪽 침대에 누워 있는 그 분을 쳐다봤어요. 그 침대 옆 탁자 위는 그림과 인형으로 장식되어 있었어요. 엄마가 울기 시작했어요. 처음엔 눈물만

흘리더니 이내 얼굴을 두 손에 파묻고 흐느꼈어요.

제가 트렁크를 열고 엄마의 옷을 꺼내서 옷장 속에 서둘러 욱여넣었어요.

원장이 말했어요. "아무래도 따님은 지금 가시는 게 좋겠어요."

제가 말했어요. "엄마, 미안해요." 엄마가 깜짝 놀라서 저를 쳐다봐서 너무 미안했어요.

저는 돌아서서 다시 복도로 나갔어요. 엄마가 저를 향해 걸어오는데, 엄마의 흐느낌이 울부짖는 소리로 바뀌었어요. 엄마가 제 이름을 큰 소리로 부르는데, 예전의 모든 거부감과 여행으로 가라앉은 기분이 사라졌어요. 엄마는 저를 놓칠까 봐 제 이름을 필사적으로 크게 부르며 저를 따라왔어요. 엄마가 저를 따라잡고 제 소매를 꽉 붙잡았어요. 엄마의 힘이 느껴졌어요. 그래서 엄마를 뿌리치고 냅다 달리기 시작했어요. 뒤도 돌아보지 않고 긴 복도를 따라 뛰어서 휠체어를 탄 어떤 남자 앞을 지나갔어요. 가는 내내 엄마가 울부짖는 소리가 들렸어요. 계단실에서 아주 많은 계단을 빙글빙글 돌아 뛰어 내려갔어요. 다 내려가서는 자동문 앞에서 뒤로 물러나서 조금 기다려야 했어요. 출구에 자동문이 있어서 또다시 기다렸어요. 그런 다음에야 도로로 나왔어요.

2년 후에 제가 막 요양원에서 나오려고 하는데, 간호사 토르스텐이 저에게 자기가 어제 엄마 사진을 찍었는데 혹시 받았냐고 물었어요. 저는 무슨 말인지 몰라 멈칫했어요. 간호사는 요양원이 사용하고 있는 앱에 관해 말해 줬어요. 사실 그 앱을 그 당시에 처음 며칠 만에 제 전화기에 깔긴 했지만, 두 번이나 잘못 시도해서 등록하지 못했거든요. 그런데 이번엔 시도하자마자 바로 잘되었어요. 70장의 사진과 비디오가 저를 기다리고 있었어요. '크리스토프와 노래하기' 또는 '오늘 우리는 크리스마스 파티를 했어요' 같은 짤막한 제목이 올라와 있었어요.

저는 뒷마당 벤치에 앉아서 시간 순서대로 스크롤했어요. 첫 번째 사진은 엄마가 도착한 지 며칠 안 되었을 때 찍은 사진이었어요. 줄무늬 터틀넥 카라 스웨터를 입은 모습이에요. 엄마가 휴게실에 다리를 꼬고 앉아 있는데 머리카락은 구불구불하게 드라이가 되어 있었어요. 안경을 쓰고 있고 두 손은 허벅지 위에 두었는데 시계도 차고 있고, 결혼반지도 끼고 있고, 심지어 둥근 귀걸이도 보였어요. 눈썹도 펜슬로 덧그려 뚜렷했는데, 누군가가 해 줬을 수도 있고 어쩌면 엄마가 직접 했을 수도 있을 거예요. 엄마는 눈썹 모양을 살짝 놀란 표정처럼 그리곤 했었거든요. 엄마가 카메라를 보고 웃었어요. 저는 엄마의 영리한 점을 알아차렸는데, 그걸 엄마는 오랫동안 간직하게 될 거예요. 그럴 땐 입술을 살짝 다물고 턱을 약간 앞으로 내밀고 있어요. 눈가엔 주름이 생겼고요.

첫 며칠 동안은 엄마가 좋아 보였어요. 그 건물 아래에 있는 미용실에도 갔었다는데, 그곳 미용사가 엄마의 신분증 사진을 언급하면서 입술 틴트 색을 고를 때 도와주었다고 이야기했어요. 엄마에게 페티큐어도 해 주셨네요. 제가 엄마를 방문하면 엄마가 기뻐하며 저를 다정하게 안아 줬어요. 엄마는 제가 뭘 했었는지 잊어버렸어요. 저는 엄마가 주변 사람들을 어떻게 여기는지 관찰했는데, 신중하고 거부적인 태도였어요. 엄마는 거기에 속하지 않고 곧 다시 갈 사람처럼 행동했어요. 엄마는 어떤 남자가 팬티만 입고 휴게실에서 더듬더듬 헤매고 다니자 고개를 절레절레 저었어요. 엄마는 여기가 어디냐고 절대 묻지 않았어요. 제 추측엔 엄마가 왜 여기에 있는지 전적으로 이해되는 부분이 있는 것 같았어요. 엄마는 항상 아빠에 관해서 물었어요, 아빠는 어디에 있냐고요. "병원에요."라고 제가 말하면 엄마는 진정이 되었어요. 그러면 아빠가 머지않아 퇴원해서 다시 만나게 될 것 같았기 때문이었는데, 물론 그렇게 될 수도 있겠지만, 엄마가 추측하는 대로 되지 않을 수도 있었어요. 우리는 오전 내내 베를린 시내를 산책하고 커피를 마시고 아빠에게 전화를 걸었어요.

그 시리즈의 마지막 사진에는 '어머니가 전하는 사랑이 담긴 안부 인사'라는 제목이 붙어 있었는데, 토르스텐이 톡 건드리자 간호사들이 '아늑이'라고 부르는 커다란 일인용 안락의자에 엄마가 쏙 들어가 앉아 있는 사진이 나왔어요. 그 의자는 회색 가죽으로 만들어져 있고 넓은 팔걸이와 다리 받침대가 있으며 움직여서 눕는 자세로도 바꿀 수 있었어요. 엄마는 소시지가 들어간 작게 자른 토스트 조각 하나를 손에 들고 살펴보고 있었어요. 엄마 피부는 검버섯으로 뒤덮여 있고, 파자마 윗도리는 엄마의 야윈 몸에 헐렁하게 걸쳐져 있었어요. 머리카락은 기름기가 줄줄 흐르는데 뒤쪽으로 빗질이 되어 있었어요. 엄마는 둥지에서 떨어진 새끼 새처럼 보였어요. 결혼반 지는 아직 끼고 있었고 안경도 쓰고 있었어요. 눈여겨보지 않으면 엄마를 잘 아는 사람일지라도 첫 번째 사진에 있는 사람과 똑같은 사람이라 보기 어려울 정도로 모습이 변해 있었어요.

언제나 당신 것

제가 '할부지'라고 부르는 외할아버지, 그러니까 엄마의 아빠도 역시 치매를 앓으셨죠. 외할아버지가 치매 초기에 같은 질문을 반복하기 시작하던 때가 기억나요. 저는 자동차 뒷좌석에 앉아 있었고 외할아버지는 갈색 가죽 장갑을 끼고 운전석에 앉아 있었어요. 가죽 장갑에는 손가락마다 작은 별 모양 구멍이 있었어요. 외할아버지의 자동차 좌석도 마찬가지로 가죽으로 되어 있고, 갈색이긴 한데 단지 조금 더 밝았고, 시큼털털한 동물 냄새가 났어요. 외할아버지가 저에게 지금 몇 학년에 다니는지 네 번째로 물었어요. 한 군데 몰입해 있던 시선이 기억나는데, 그걸 나중에 엄마에게서 다시 발견했어요. 또 어떤 남자 친구 집에서 제 미래가 벌써 예감이 되기도 했어요. 거울을 들여다볼 때면 두려워요. 제가 그걸 제때 인식하게 될지 걱정스러워요. 외할아버지, 외삼촌, 엄마 모두 치매거든요. 결국 외할아버지는 제 기억과 어린 시절로부터 사라졌어요. 외할머니는 외할아버지를 집에서 돌봤는데, 자녀들이나 손주들과 별로 접촉하지 않았어요. 언젠가 외할아버지가 병원에 입원했고 튜브로 인공 영양 공급을 받았다는 소식만 나중에 들었어요.

"고령의 치매 환자에게 튜브로 영양 공급을 함으로써 평화로운 죽음을, 본의는 아니지만, 적극적으로 방해한다는 점은 정말 중요합니다."라고 잔 도메니코 보라시오(Gian Domenico Borasio)*가 말했어요. 그 완화 의료 전문의는 죽음을 자연스러운 과정으로 간주하고, 그 과정을 단지 정성스럽게 고통을 덜어 주는 방법으로만 동반하는 것이 가치 있다는 의견을 지지해요. 그리고 이렇게 말했어요. "그런데도 인공적인 영양 공급을 위해 매년 10만 개 이상의 PEG-튜브가 삽입됩니다."[12]

저는 외할아버지가 병원에 얼마나 오랫동안 누워 계셨는지는 몰라요. 하지만 그분이 튜브로 인한 염증으로 돌아가셨다는 건 기억해요. 외할머니가 장례식 때 얼마나 여위고 쇠약해져 있었는지도 기억나요. 제가 외할머니를 한참 동안 보지 못했다가 장례식장에서 보았는데 외할머니인지 첫눈에 전혀 알아보지 못했어요.

저는 외할머니가 항상 약간 무서웠어요. 외할아버지도요. 그런데 외할아버지는 외할머니가 보지 않을 때만 저에게 초콜릿 한 판을 슬쩍 쥐어 주곤 했어요. 언젠가 제가 외할머니집에서 잤는데 아침에 일어날 엄두가 나지 않았어요. 밤에 코피가 났는데 피가 시트에 묻었고 베개엔 커다란 얼룩이 생겨 버렸기 때문이에요. 저는 피를 입

---

* 이탈리아 출신인 스위스 로잔대학교의 완화 의학 교수.

으로 빨아 내려고 해 봤어요. 그러다가 오히려 얼룩이 갈색으로 물이 들었고 제 입에선 쇠 맛이 났어요.

외할아버지가 돌아가신 후 외할머니가 실버타운으로 옮길 때, 엄마가 집을 비우는 걸 도와드렸어요. 요리책 하나는 따로 놔뒀었는데, 엄마는 그걸 몇 년이 지난 후에 집에서 펼쳐 봤어요. 아마 엄마는 외할머니가 늘 만들어 주셨던 것처럼 그렇게 크뇌플레*를 만들고 싶었나 봐요. 그러다 책갈피 사이에서 누렇게 변한 편지들을 발견했어요. 1940년대 중반에 엘자스에서 보낸 거였어요. 고운 필체로 첫 번째 글자만 두드러지게 썼는데 베로니크가 외할아버지 오이겐에게 쓴 편지였어요. 베로니크는 할아버지에게 그 시간이 얼마나 아름다웠는지 계속해서 직접적으로 언급하고 있었어요. 베로니크는 그다음 편지에서 자기가 보낸 지난번 편지를 할아버지가 받았는지, 받았다면 왜 답장을 하지 않았는지 물어봤어요. 편지는 "언제나 당신 것"으로 끝맺고 있었어요.

외할머니는 중산층 가정에서 성장했어요. 외할머니의 아버지는 유대인이었는데 결혼할 때 감리교로 개종했어요. 아들은 둘 다 전쟁에 나갔다가 전사했대요. 언젠가 외할머니의 아버지가, 그러니까 저의 외증조할아버지가 체포되어 여러 날 밤을 오지 않았대요. 저는

---

* 올챙이처럼 짧은 국수 요리.

더 자세히 알고 싶었지만 외할머니가 더는 기억하지 못했어요. 그러나 저는 제 외할머니와 그분의 형제자매에게 보모가 있었다는 걸 알고 있어요. 이름이 엘제였어요. 그런데 외할머니는 외할머니의 아버지가 탁자 밑에서 엘제의 무릎을 쓰다듬는 걸 봤대요. 그 당시에 엘제도 아직 어린 편이었대요. 즉석 사진 촬영 부스에서 외할머니와 엘제가 머리를 맞대고 찍은 사진이 있는데, 둘은 꽤 친한 사이처럼 보였어요. 외할머니는 멋진 검은색 비니를 쓰고 있었는데 아홉 살이나 열 살쯤 되어 보였어요. 성실해 보이는 엘제도 밝은색 비니를 쓰고 있었는데, 외할머니보다 겨우 몇 살 정도 많은 열네 살이나 열다섯 살 정도로 보였어요.

외할머니의 아버지가 탁자 밑에서 엘제의 무릎을 쓰다듬던 무렵에 외할머니의 엄마는 몸이 아픈 상태였어요. 다발성 경화증에 걸렸대요. 외증조할아버지는 외증조할머니를 어떤 요양원으로 보냈는데, 아마 슈투트가르트올가수녀회의 집사 본원이라는 것 같아요. 그러고는 외증조할머니를 그 후로 방문하기는커녕 언급한 적도 없대요. 외증조할머니에 관해 식탁 앞에서 얘기하면 안 되었다는데, 제 생각엔 평상시에도 안 되었을 것 같아요. 외할머니는 자신의 어머니를 생전에 한 번도 다시 만나지 못했대요. 그 어머니도 자녀들을 평생 다시 만나지 못했고요. 외할머니가 젊은 아가씨가 되었을 때쯤 외증조할머니가 돌아가셨대요.

결혼이 가능해지자마자, 증조할아버지는 엘제와 결혼했고, 그분을 저는 엘제 아주머니라고 부르게 되었어요. 크리스마스에 아주머니가 저에게 테리* 옷감으로 만들어진 잠옷을 선물하고는 선물 포장지를 자기 무릎 위에서 쓰다듬어 매끄럽게 폈어요. 엘제 아주머니는 우울증을 앓았어요. 어렸을 땐 제가 그걸 이해하지 못했어요, 그런 슬픔을요. 저는 식탁 앞에서 흘리던 눈물을 기억해요. 제가 지금 하고 있는 이야기는 그때 들었던 기막힌 이야기 중 극히 일부분일 뿐이에요. 엘제 아주머니가 외증조할아버지와의 관계에 휘말리게 되어 그 상황을 감당하기가 얼마나 힘겨웠을까 싶어요. 아주머니는 아직 아이나 다름없었고 보모라는 취약한 처지에 놓여 있었으니, 다른 선택지가 없었겠지요. 그렇지만 아주머니는 자기 자녀가 된 아이들에게 어머니를 숨기고 내주지 않는 남자와의 관계에 휘말린 데다가, 그 어머니가 병들어 요양원에서 몇 년 동안 혼자 지내며 자녀 중 누구도 더는 만나면 안 되는 상태로 고독하게 죽어 가는 동안 자기가 그 자리로 미끄러져 들어간 것을 정말 괴로워했어요.

대답들

요양원에서 엄마와 처음 몇 주 동안 방을 나눠 쓴 셍크 씨는 제가 그 방에 들어섰을 때 아무런 반응도 하지 않았어요. 그냥 눈을 뜨고 침대에 반듯이 누워 있었어요. 엄마는 셍크 씨의 거실에서 살

---

* 타월처럼 인위적으로 부드럽고 긴 보풀을 만들어 놓은 면직물.

게 된 것 같은 느낌이 들었어요. 넓은 갈색 가죽 소파 하나, 선반 하나, 어두운 서랍장 하나, 소파 탁자 하나가 방에 놓여 있었어요. 셴크 씨 침대는 창가에 놓여 있었고, 엄마 자리는 욕실 쪽 벽 앞이었어요. 여기저기에 온통 봉제 동물 인형과 사람 모양 인형이 자리 잡고 있었어요. 엄마는 그 인형 중 하나의 얼굴을 계속해서 벽 쪽으로 돌려놓았지만, 인형은 다음 날이면 어김없이 그 크고 둥근 섬뜩한 눈으로 다시 방 안을 바라보고 있었어요. 셴크 씨 침대 위에는 셴크 씨가 남편과 알프스산맥 위의 어떤 목장에 있는 모습이 담긴 사진들이 걸려 있고, 그 옆에는 나무로 된 액자 안에 수놓은 산 풍경이 걸려 있었어요. 엄마의 침대 옆에도 여하튼 사진들이 걸려 있긴 했지만 아빠 사진, 제 사진, 외할머니와 외할아버지의 사진만 있고 아직 더는 없었어요. 셴크 씨의 딸은 매일 오후마다 들렀어요. 저도 와 있었고요. 딸은 친절하긴 한데 무척 내성적이었어요. 맨 처음에 딸은 자기 어머니를 소파로 옮겨서, 옮겼다는 표현이 가장 적절한데요, 지난 시절 어머니의 사진들을 보여 줬어요. 딸이 "여기 발코니에 아빠 엄마가 있는 사진이네요."라며 지칠 줄 모르고 사진들을 설명하는 동안 그 어머니는 종종 테이블 위를 쳐다보거나 자기 품속을 봤어요. 소파 탁자 위에는 날마다 다른 사진이나 앨범이 놓여 있었어요. 이어서 그 딸은 자기 어머니를 부축해서 병동 안마당 주위를 한 바퀴 돌았는데, 그럴 때면 셴크 씨는 바닥에 발을 질질 끌며 종종걸음으로 걸어갔어요.

"저분은 죽음에 대한 두려움이 있어요." 여자 간호사가 저에게 말해 줬어요.

"누가요?" 제가 물었어요.

"저 따님이요."

어느 날 밤에 간호사들이 침대 옆에 떨어져 골반에 복합 골절이 생긴 셍크 씨를 발견했어요. 셍크 씨가 침대 난간을 어떻게 넘어가서 바닥에 떨어질 수 있었는지 아무도 설명할 수 없었어요. 저는 엄마가 요양원에 처음 왔을 때 며칠 동안 밤마다 어떤 다른 여자 환자의 침대 앞에 서서 카테터를 만지다가 발견되곤 했던 게 기억났어요. 제가 거듭 물었지만, 무슨 일이 일어난 건지 아무도 모른다는 답변만 들었어요. 셍크 씨의 딸은 다시는 저와 말을 섞으려고 하지 않았어요. 셍크 씨는 얼마 후에 병원에서 사망하고 말았어요.

그때 제가 아빠를 이미 병원에서 퇴원시켰고 같은 요양원으로 모셔 왔죠. 아빠가 요양 등급이 없는데도 불구하고 요양원에서는 아빠를 받아 줬어요. 제가 아빠의 퇴원 진단서를 제시하며 떼를 쓰다시피 했거든요. 진단서에는 '초기 다소성 골성 폐 및 간 전이성 전립선 암종'이라고 쓰여 있었고, 또한 '안드로겐 차단'과 '만성 알코올 소비' 같은 다른 많은 것도 쓰여 있었어요. 마지막 것은 저도 이미 알고 있었어요. 그러나 무엇보다 종양 회의 후에 확정된 치료 목표가 '완화 의료'라는 것이 마음에 걸렸어요. 병원에서 아무도 저에게 솔직히 말해 주지 않았어요. 제가 진단서를 전달한 라우흐 박사만 빼고요.

"저희 아버지가 올해를 넘길까요?"

"아니요." 박사가 말했어요. 딱 그 말만 했어요.

저는 놀랍지 않았어요. 아빠는 자기 몸을 수십 년 동안이나 해 쳤는데 그 기간 내내 아빠가 아직 존재한다는 게 항상 놀라웠지요. 저는 사실 그런 걸 각오하고 있긴 했지만 단지 희미하게 인지하고 있었을 뿐이에요. 아빠의 어지럼증과 아빠가 자꾸 넘어지는 게 단지 알코올 탓만은 아니었어요. 아빠의 삐뚤삐뚤한 글씨, 우리가 마지막 으로 산책했을 때 아빠가 제 팔 아래를 단단히 움켜쥐고 불안정하 게 걷던 모습이 뭔가 심상치 않은 징조라는 걸 알고 있었어요. 제가 엄마에게 초점을 맞추고 있는 동안에도 제 눈엔 그게 보였어요.

엄마를 모시고 베를린으로 간 지 겨우 3주 만에 아빠를 베를린 으로 모셔 가기 위해 도착해서 병원으로 가는 길에, 이름가르트 큰 엄마가 저에게 말했어요. "마렌, 아빠를 보고 깜짝 놀라지 마라."

제가 병실로 들어섰을 때 아빠는 욕실에서 막 나와서 문손잡이 를 꽉 붙잡고 서 있다가, 더듬더듬 걸어 침대로 가려고 작은 테이블 쪽으로 불안하게 손을 뻗었어요. 아빠는 팔로 짚고 서서 무게를 분 산하지 않고는 더는 걸어갈 수가 없었던 거죠. 아빠는 살이 많이 빠 졌고 얼굴은 초췌하고 그늘졌어요. 가득 찬 소변 주머니 하나가 난 간에 매달려 있었고, 튜브 하나가 아빠에게로 이어져서 윗옷 아래 로 들어가 있어요. 방이 좁아서 아빠 침대에서 겨우 1.5미터밖에 떨 어져 있지 않은 곳에 누워 있던 아빠의 옆 침대 환자가 커다란 눈으로 저를 쳐다보고 있었어요. 저는 뒷걸음질 쳐 복도로 물러나서 정신을 가다듬었어요. 그런 다음에 휠체어 사용법을 익혔어요. 허리와 골반에 전이되어 아빠의 근육이 마비되었다고 들었어요. 어떤 간호사가 저에게 여행용 카테터에 관해서도 알려 줬어요. 그건 아빠의 복벽으로부터 나오고 있었어요. 손가락 굵기의 투명한 튜브가 넓은 조깅 바지 아래로 들어가서 종아리 주위의 더 작은 소변 주머니에 연결되어 있어요. 그 주머니를 다리에서 풀고 마개를 돌려서 열고 아래로 기울이면 비울 수 있어요. 그 간호사가 저에게 시범을 보여 줬어요.

아빠, 아빠와 함께 슈투트가르트에서 베를린으로 가는 여행은 엄마와 함께 갔을 때보다 더 쉬웠어요. 아빠가 말수가 적고 창백한 안색으로 휠체어에 앉아 있긴 했지만, 저를 신뢰하고 여행에 동의를 했기 때문이에요. 이번에도 저는 지원이 필요하다는 항목에 클릭했어요. 아빠는 평평한 리프트에 실린 채 곧장 비행기 입구로 들어갔어요. 바람이 심하게 불어서 제가 숄을 아빠의 목둘레에 좀 더 단단히 묶었어요. 비행기 안에서는 아빠가 머리 받침을 먼저 꽉 잡은 다음에 수화물 선반을 잡고 버틴 상태로 휠체어로부터 좌석으로 몸을 옮길 수 있었어요. 이륙하기 조금 전에 제가 아이에게 보여 주려고 우리 둘의 비디오를 찍었죠. 우리는 나란히 첫 번째 줄에 앉아 있었어요. 제가 카메라를 움직여 타원형 창문까지 찍었어요. 창밖으로 제가 자란 들판이 보였는데, 특별할 것 없이 평평한 광경이 저에게는 아주 친밀했어요. 아빠가 비디오를 위해, 손주를 위해 미소를 살짝 지어 주기도 했어요.

처음 몇 주 동안엔 아빠와 엄마가 서로 다른 거주 공간에서 지냈죠. 그래서 간호사들이 낮 동안에는 항상 엄마를 아빠에게 데려다줬어요. 그러나 저녁 식사 후에 다시 엄마의 방으로 한 층 더 내려가야 할 때마다 엄마는 완강하게 저항했어요.

"어머님과 아버님을 매일 저녁 분리하는 것은 정말로 합당하지 않아요. 마치 방학 때 야영장에 가서 한창 신나 있는 청소년들이나 갓 결혼한 신혼부부처럼요." 요양원장이 말했어요.

아빠 엄마가 둘 다 이인실에서 지내고 있고 휴게실이나 복도에는 사람들이 계속 돌아다니고 있어서, 그런 일이 그렇게 자주 일어나진 않았지만, 어쩌다 가까이에 아무도 없을 때면, 가령 늦은 시간에 아빠가 담배를 피우러 정원에 나가서 엄마가 아빠를 따라 나갈 때면, 엄마가 집에 가고 싶다고 탄식하기 시작했어요. 엄마는 여기가 뭐 하는 데냐고 계속해서 묻고 또 묻고, 발을 구르고, 팔짱을 낀 채 입술을 꽉 다물었어요. 제가 초기엔 아빠 엄마를 매일 방문했는데, 그럴 때마다 저는 아빠의 눈빛에서 그걸로 인해 얼마나 괴로운지가 보였어요. 아빠는 휠체어에 축 늘어진 채 앉아서 저를 애원하듯 바라봤어요. 아빠는 엄마에게 또 뭐라고 말해야 할지 알지 못했어요. 아빠는 어떤 말로도 엄마를 확신시키지도, 달래지도 못했어요. 엄마는 자기 의지에 반해서 여기에 있게 되었으니까 그런 불만을 드러내는 건 당연해요. 엄마는 다시는 집에서 못 지낸다는 걸, 더군다나 아빠가 진단을 받은 후엔 절대 불가능하다는 걸 몰랐어요. 저로서는 아빠와 엄마를 그나마 제때 안전하게 조치했다고 느꼈어요. 집에서 두 분이 마지막으로 함께 지낸 시간을 생각하면, 눈앞에 어두운 모습만 떠올랐어요. 엄마와는 이 감정을 나누지 않았고요.

한번은 아빠 엄마와 아이를 데리고 가까운 놀이터에 갔었죠. 제가 아빠의 휠체어를 밀고, 아이는 아빠와 함께 휠체어에 타고 발판 위 아빠의 발 옆에 자기 두 발을 놓고, 두 손으로 아빠의 무릎을 잡고 갔어요. 그런데 엄마는 도저히 못 견디겠다며, 여기 있는 건 이번이 마지막일 거고 하루도 더 머무르지 않을 거라며 그 도시에 대해 욕을 했어요. 제가 멈춰 서서 엄마 쪽을 향해 말했어요. "아빠가 아파요. 아빠가 곧 죽을 거라고요. 그리고 엄마도 역시 아프잖아요. 아빠와 엄마는 집으로 돌아가지 못해요. 두 분은 여기서 지낼 거예요. 그리고 엄마가 지금 정신을 차리지 않는다면, 저는 엄마를 여기 그대로 두고 가 버릴 거예요, 맹세코." 엄마가 넋이 나가서 입을 벌린 채로 저를 쳐다봤어요. 저 자신도 깜짝 놀랐어요. 아이는 여전히 아빠를 꼭 붙잡고 있었는데, 아이가 저를 쳐다보고 있는 동안 아빠가 아이 손을 꼭 잡아 주고 있는 모습이 보였어요. 엄마가 어떤 나무 뒤로 뛰어가서 울고 있었어요. 우리가 아직 있는지 확인하려고 엄마가 슬쩍슬쩍 내다봤어요. 아빠는 담배를 피우며 계속 엄마 쪽을 쳐다보고 있었고, 아이는 이미 미끄럼틀 위에 올라가 있었어요.

아빠 엄마가 앞 건물에 있는 노인 주거 공동체로 옮겨 갔을 때 비로소 엄마의 상태가 바뀌었어요. 본래 두 분은 도움이 너무 많이 필요한 상태여서, 주거 시설로 옮기기로 한 것은 실험 삼아 내린 결정이었지만, 아빠 엄마 둘 다 새로운 삶에 잘 적응하기 시작했어요. 이제 다른 노인 10명과 함께 지내게 되었는데 그들은 대부분 더 활기찼어요. 더러는 쇼핑도 직접 하고, 정기적으로 음악회나 박물관에 가기도 했어요. 하지만 질병이나 장애를 가진 사람이 많았어요. 여자 두 분은 가벼운 치매였고, 또 다른 여자 한 분은 구부정한 자세로 보행 보조기로 다녔어요. 아빠 엄마는 위층에 나란히 있는 방 두 개를 받았는데 두 분이 서로 놀라울 정도로 완벽하게 보완해 주었죠. 아빠는 휠체어로 인해 움직임이 제한적이었지만 인지 능력은 높았지요. 엄마는 아직 정정한 편이었지만 판단 능력이 부족했어요. 식기 세척기를 비우는 것이 아빠와 엄마가 함께 맡은 과제여서 그걸 위해 아빠가 자명종 알람을 맞춰 놓았었죠. 아빠가 휠체어에 앉아서 엄마에게 접시와 찻잔은 어디에 둬야 하고, 식사 도구는 어디에 둬야 하는지 말해 줬어요. 엄마는 그걸 하려고 좁은 승강기 안으로 아빠의 휠체어를 밀고 갔고요. 아빠가 담배를 피우러 정원으로 나가거나 거리로 나갈 때도 엄마는 아빠를 따라갔어요.

저는 아빠가 짐에서 벗어난 것이 보였어요. 집안일, 신체 위생, 모든 기획과 진행을 맡아야 하는 짐에서요. 무엇보다 엄마를 보살펴야 한다는 짐에서 벗어난 거예요. 엄마도 다시 아빠 옆에서 편안하다고 느끼게 되었고요. 간호사들이 와서 엄마를 욕실로 데려가고 새 옷을 준비해 줬어요. 아빠와 엄마는 당신들의 질병에 대해 부끄러워할 필요가 없는 동시에 주기적 활동을 제시하는 공동체에 들어간 거예요. 긴 식탁에서 함께 먹었어요. 아침, 점심, 커피와 케이크, 저녁을요. 아빠와 엄마는 이제 다시 노래하러 다니게 되었어요. 목요일마다 단지 휴게실에서 부르는 것이긴 하지만요. 금요일에는 아빠가 스카트 게임*을 하는데, 그럴 때면 엄마는 아빠 옆에 앉아 있었어요. 토요일에는 기억력 훈련이 이뤄졌어요. 누군가가 생일을 맞이하면 함께 축하하기도 했고요. 제가 한번은 우연히 100세 생일 파티에 가게 되었는데, 파티에서 따라 주는 샴페인을 아빠가 거절하는 걸 봤어요. 엄마도 동의했고요. 음주의 짐도 아빠에게서 떨어져 나간 거예요.

제가 아빠와 엄마의 가구 몇 개를 요양원 숙소와 제집으로 배달시켰어요. 아빠 책상과 오래된 시골풍 옷장과 할머니의 재봉틀을요. 재봉틀의 페달과 케이블과 바늘의 움직임 사이에 벌어지는 수수께끼 같은 팀워크가 아이 마음을 사로잡았거든요. 손님방의 장도 제집으로 가져왔어요. 좁은 방에서 가져온 파란 소파는 엄마 방으로 보냈고요. 그 소파에서 제가 늘 자곤 했었지요. 아빠와 엄마의 집을 떠나기 전날 밤에 저는 그 소파 위에서 무척 울었었어요.

아빠 엄마의 집을 하루 만에 비우느라 시간이 촉박해서 물건 하나하나를 신중히 검토하지 않기로 했어요. 베를린으로 와야 하는 가구들은 제가 그 집에 들어서기 전에 미리 골라 놓고 이삿짐 센터

---

* 세 명이 32장의 패를 가지고 노는 카드놀이.

를 위해서 스티커만 붙여 놓았어요. 이삿짐 센터 직원들이 선반을 벽에서 떼고 부엌을 비우는 동안 저는 발코니에서 담배를 피우고 있었어요. 세탁기를 가져도 되냐고 묻는 남자도 있었고, 에스프레소 머신을 가져도 되냐고 묻는 여자도 있었는데, 모두에게 된다고 말했어요. 저는 서류철과 사진만 챙겼어요. 그리고 오래된 기계식 계산기도요. 그건 언젠가 아빠가 일터에서 집으로 가져온 건데, 제가 어렸을 때 그 손잡이를 눌러 대거나 딸까닥거리는 바퀴 모양 부품을 돌려 대며 놀았어요. 그런데 그 바퀴 부품을 제 아이가 돌려 대며 작은 창에 나타나는 숫자들에 기뻐하고 있어요. 또 오래된 카메라도 챙겼어요. 친할아버지의 '에른스트부어스터전기시공사무소. 중앙로 158과 160. 전화: 헤베를레'라는 광고가 담긴 액자도요. 누군가가 저에게 양가죽 장갑을 두 켤레 건네주었는데, 한 개는 제 손에 약간 작았고, 다른 건 약간 컸어요. 마침내 텅 빈 집에는 옷장과 선반과 서랍장이 벽지에 직사각형의 여운을 남겨 놓았고, 저는 손에 쥐고 있던 맥주병 하나를 몇 모금 만에 벌컥벌컥 다 마셔 버렸어요.

언젠가 아빠가 저에게 "나는 침실 옷장에서 왼쪽에 걸려 있는 브이넥 노란 풀오버가 필요해."라고 말했었죠. 벌써 몇 달 전에 이미 우리는 엄마가 잠깐 욕실에 갔을 때, 상의해서 제가 집을 비우고 세놓기로 했었죠. 제가 그걸 제안하긴 했지만 아빠의 반응을 경시할 수는 없었어요. 그걸로 아빠 엄마가 다시는 집으로 오지 못한다는 걸 결국 표명하게 될 테니까요. 그러나 아빠는 "좋아."라고만 말했어요.

엄마가 말했어요. "우리가 다시 집에 가면 참 기쁘겠다. 하지만 여기서도 잘 지내고 있어." 종종 엄마는 아빠와 휴가 중이라고 생각하고는, 함께 지내는 여자분을 종업원인 줄 알고 커피를 리필해 달라는 부탁을 하기도 했어요.

저녁마다 아빠 엄마는 엄마 방에 있었어요. 거기에 텔레비전이 있기 때문이에요. 그러나 잠은 따로 각자의 방에서 주무셨지요. 저는 그것이 아빠에게 축복이라는 걸 알았어요. 매일 저녁 엄마의 저항이 있고, 아빠가 별로 보호해 주지 못해서 엄마가 편하게 느끼지 못하면, 아무튼 누군가가 불편하게 느끼면, 아빠는 괴로워서 그 저항을 잘 다뤄 내지 못하긴 하지만요. 하여간 저녁마다 아빠가 아빠 방으로 가고 싶어 하면 엄마가 저항했어요. 갈등을 계속 붙잡고 맴돌게 할 수 있는 게 치매예요. 엄마가 아빠에게 며칠 동안 접속법과 직설법의 차이점에 관해 물어봤나 봐요. 아빠의 수많은 쪽지 중 하나에 그게 쓰여 있었어요. 앞으로 살짝 기울어진 아름다운 필체로 적혀 있긴 했는데, 이제는 아빠 손이 떨리는 흔적이 보였어요. 아빠 엄마가 정기 구독했던 『슈투트가르트신문』에서 엄마가 그것에 관해 읽었는데, 그 질문이 엄마의 내면에 계속 유령처럼 나타나서 어떤 응답도 엄마를 진정시키지 못했나 봐요. 자러 가는 것도 비슷해요.

"왜 내가 여기에서 자요?"

"당신은 어디서 자요?"

저녁마다. 열 번씩, 스무 번씩. 아빠는 그걸 설명하고 또 설명했지만 양쪽에게 다 불만족스러워서, 마침내 아빠가 방에서 휠체어 바퀴를 굴려 나와 버리곤 했죠. 아빠 엄마는 서로 언짢은 기분으로 헤어져서, 아빠는 그 문제에 골몰해 있지만 엄마는 즉시 잠들어서 다음 날 아침까지 푹 자요. 아빠는 밤이 되어서야 자기만의 시간을 가져요. 그래서 아빠는 잠을 조금만 자고, 두 시나 세 시쯤 깨서 침대에서 힘겹게 일어나요. 아빠는 일어서서, 불안하긴 하지만, 한 손으로 침대 난간을 꽉 붙잡고, 다른 손으로는 휠체어에 소변 주머니를 매달고, 튜브가 다리를 휘감지 않게끔 그렇게 몸을 돌려서 휠체어에 앉아요. 마지막 단계엔 털썩 주저앉는데 그건 어쩔 수 없어요. 아빠가 더는 조정할 수 없어요. 능숙하게 앉기에는 근육에 힘이 없어요. 그리고 카테터 튜브가 당겨지지 않게끔 튜브를 윗옷에 집게로 고정해요. 그런 다음 휠체어의 양쪽 브레이크를 풀고 테이블 앞으로 바퀴를 굴려서 가서, 불을 켜요. 돋보기가 준비되어 있어요.

아빠가 단지 말기 암만 앓고 있는 건 아니에요. 아빠는 백내장도 있고 귀도 잘 들리지 않아요. 이따금 엄마는 제가 말한 내용이 너무 복잡해서 못 알아듣고, 아빠는 제가 충분히 큰 소리로 분명히 말해 주지 않아서 못 알아듣는 촌극이 빚어지기도 했어요. 아빠의 부러진 어깨는 더는 붙지 않았어요. 아빠의 왼쪽 팔뚝에 있는 주먹만 한 멍들이 그 증거예요. 전이된 암이 산산조각 난 뼛조각들을 따로따로 밀쳐 내고 있는 셈이래요. 정형외과 의사가 엑스레이 사진을 살펴보더니 "젠장."하고 말했어요. "고령은 하나의 위기이기도 하지만 또한 일탈이기도 하다."[13]라고 푸코는 썼어요. 하여간 스도쿠나 십자말풀이를 하거나, 『슈피겔』지나 『슈투트가르트신문』을 읽을 수 있도록 테이블 위에 돋보기가 준비되어 있었어요. 그때야말로 오롯이 아빠, 자신을 위한 시간인 거죠. 조냐가 야간 근무를 할 때면 잠깐 아빠에게 들러서 "쿠르티."하고 불렀어요. "그런데 내 어린 시절 이후 아무도 더는 나한테 쿠르티라고 애칭을 부른 적이 없었어. 학교에서 로스비타가, 그리고 에버하르트 슈나켈레가 그렇게 불러 줬어. 그러나 나중엔 아무도 그렇게 부른 적이 없어." 아빠가 말했어요.

제가 오후에 아빠 엄마를 방문하면, 아빠는 대개 침대에서 자고 있고, 엄마는 아빠 침대 옆 의자에서 머리를 가슴에 닿을 정도로 푹 숙인 채 앉아 있었어요. 엄마는 아빠가 어딜 가든 항상 따라다녔어요. 심지어 화장실에도요. 간호사들이 아빠에게 인슐린 주사를 놓거나 아빠의 카테터를 닦기도 어려웠어요. 왜냐하면 엄마가 이따금 아빠 곁에 아주 가까이에 서서 충성스러운 개처럼 아빠를 지키고 있었기 때문이에요. 제가 방으로 들어갈 때도 그랬어요. 제가 침입자인 셈이었죠. 엄마는 고개를 들고 두 눈을 꼭 감고 있었어요. 그러나 아빠가 항상 반가워하며 즉시 몸을 일으키며 잠에서 깨려고 노력하기 때문에 엄마가 자제하는 편이에요. 제가 아빠 뺨에 키스하면 엄마는 옆을 쳐다봤어요.

"안녕, 마렌." 엄마는 인사를 하긴 했지만 제가 아빠 엄마의 세계를 방해한다고 불쾌해했어요.

저는 엉망인 상태를 그냥 내버려 둘 수가 없었어요. 빨랫감이 의자 등받이 위에 걸려 있기도 했고 입었던 옷이 침대 발치에 뭉쳐져 있기도 해서 집어서 세탁 바구니에 넣었어요. 눈에 띄지 않게 하려고 했지만 엄마는 대개 알아차리고 불같이 화를 냈어요.

"그 정도는 아직 내가 직접 해." 엄마가 말했어요.

"그게 너랑 무슨 상관이 있는지 모르겠구나." 엄마는 이렇게도 말했어요.

엄마는 자기를 샤워시키고 싶어 하는 남녀 간호사들에게도 비슷한 말로 거리를 뒀어요. 엄마에게는 몹시 화가 나는 상황이었던 거예요. 때밀이 수건 하나가 퍽 소리를 내며 아나스타지아의 얼굴에 떨어졌어요. 그리고 엄마가 샤워실에서 뛰쳐나오더니 방에서 15분 동안 푸념을 했어요. 직접 할 수 있는데, 무슨 당치도 않은 생각이냐며, 그런 취급을 받지 않겠다고요. 엄마는 자기 옷이 어디 있는지 몰랐어요. 그렇지만 너무 화를 내서 우리는 엄마에게 감히 무슨 말을 할 엄두도 내지 못했어요. 저는 바지 하나와 셔츠 하나만 엄마 가까이에 두었어요. 그러자 엄마가 그걸 입는 걸 어떻게든 해내긴 했는데, 두 개 다 거꾸로 입었어요. 그래 놓고도 엄마는 절대 참고 협조하려고 하지 않아요. 아빠, 왜 아빠가 아무 말도 하고 싶어 하지 않는지 알겠어요. 이제는 아빠가 몽둥이로 맞아 구석에 쭈그리고 있는 개처럼 보였어요. 아빠의 슬픈 눈길이 저를 찾고 있었어요. 마치 제가 그 상황을 해결할 수 있을 것처럼요.

제가 맹수의 긴 발톱 같은 엄마의 손톱을 깎으려고 시도하며 이렇게 말했어요 "엄마, 이게 웬 서비스일까요! 오늘 제가 엄마 손을 매만져 드릴게요. 매니큐어 하고 싶죠?" 저는 아빠 손톱을 먼저 잘

랐지요. 그게 필요했기 때문이라기보다는 엄마의 손톱을 자르기 위
한 준비 과정이었어요. 그러고 나서 제가 손톱용 가위를 들고 엄마
에게 가까이 다가가자, 엄마가 손으로 얼굴을 때리려고 했어요. 저
는 순간적으로 고개를 숙이며 피했어요. 어린 시절의 반사 신경이
아직도 기능을 발휘한 거예요. 가위가 바닥에 떨어지면서 뾰족한 끝
이 바닥에 꽂혀 있었어요. 짧은 순간이지만 저는 그걸 뽑아서 엄마
의 손등에 힘껏 때려 박고 싶은 충동이 일었어요.

"넌 어머니를 그냥 뵈러만 가고, 나머지는 간호사분들에게 맡기
는 게 좋겠다." 제 친구가 충고해 줬어요.

"익숙한 패턴대로 행동하려는 경향이 더 뚜렷해질 겁니다." 저의
상담 치료사가 말했어요. 사실 전 심리 치료를 가지 않은 지 벌써
몇 년이나 지났지만, 그 치료사는 지금도 여전히 제 속에서 말하고
있어요.

그 후에 제가 어떻게든 엄마가 저에게 손을 내주도록 만든 때가
있었어요. 아빠가 막 욕실에서 휠체어를 타고 되돌아 나오자, 그 순
간에 엄마가 저를 쳐다보더니 손톱을 깎고 있지 않던 손의 검지를
입에 대며 "쉿."이라고 했어요. 저는 나중에, 엄마가 아빠 곁에 있지
않을 때, 엄마가 투덜거리지 않고 샤워시키고 옷을 입히도록 놔둘
때, 비로소 이 제스처를 이해하게 되었어요. 다니엘라가 언젠가 저에
게 말한 것처럼, 잘 인도되도록 놔뒀을 때, 그때에야 비로소 저는 이
해했어요. 예전처럼 엄마가 아빠 앞에서 알몸을 드러내고 싶어 하지
않는다는 것과, 절대로 저 때문에 자신이 드러나게 하고 싶어 하지

않는다는 것을요. "익숙한 패턴대로 행동하려는 경향이 더 뚜렷해질 겁니다." 알몸을, 자기 신체를 더는 보호하지 못하는 것, 손톱을 더는 매만질 수 없는 것이요. 잘 가꾼 아름다운 나의 엄마, 5주마다 미용실을 예약해 항상 멋진 헤어 스타일에 염색을 하고 다녔던, 날마다 샤워하고 화장을 했던, 욕실에서 날마다 여러 번 머리를 솔빗으로 빗던 모습이 제가 엄마라고 하면 무조건 떠오르는 모습이었어요. 하물며 지금도 여전히, 간호사들이 엄마에게 빵을 작은 주사위 모양으로 잘라 먹여 주고 있을 때도, 엄마는 거울을 들여다보자마자 자기 머리를 손으로 정돈했어요. 아빠, 저는 엄마가 기름진 머리카락에 얼룩투성이 옷을 입고 걸으면서도 머리를 매만진 게 자신의 품위를 지키려고 무척이나 애쓴 거라는 걸 나중에야 비로소 이해했어요.

8.

좀 더 잘해드렸으면…

엄마는 휴게실에 앉아 있었어요. 식사를 마친 후에 엄마는 언제나 거기에 있었어요. 오후에는 항상 침대에 있었고요. 나중에 직원들이 엄마를 방에 데려다 놓은 거였어요. 제가 마스크를 썼어도 엄마는 저라는 걸 즉시 알아봤어요. 엄마 곁에 아빠가 없을 때는 엄마가 저에게 다르게 반응했어요. 거부하는 반응이 사라진 상태였어요. 비록 엄마가 내면에 가라앉아 있을지라도 엄마의 시선에선 무언가가 열려 있고 더 밝아졌어요.

제가 엄마 앞으로 가서 쪼그리고 앉았어요. "안녕, 엄마. 아직 커피 마시는 중이에요?"

엄마가 고개를 끄덕이고는 저를 약간 불안하게 바라봤어요. "마렌."

"저랑 창가에 가서 앉으실래요?"

"아니." 엄마가 대답하며 마치 제가 뭔가 불가능한 것을 요구하기라도 한 양 저를 잠깐 쳐다봤어요. 그런 다음 머리를 격렬하게 흔들 더니 시선을 딴 데로 돌렸어요. 저는 손을 엄마 무릎에 올려놓고 기다렸어요.

"우리 출발할까요?" 조금 있다가 다시 물었어요.

"응. 난 아까부터 계속 출발하고 싶었어." 거기엔 비난의 뉘앙스가 담겨 있었어요. 엄마는 팔걸이에 몸을 버티고 있었는데도 의자에서 일어나질 못하고, 일어났던 만큼 다시 계속해서 조금씩 뒤로 주저앉았어요. 제가 엄마의 팔 아래를 잡고 도와줬어요. 이제부터는 이 상태로 계속 유지될 거예요. 어느 날부턴가 엄마는 앉아 있는 자세에서 더는 혼자 일어서지 못하게 되었어요.

그리고 저는 엄마가 걸음걸이를 어떻게 잃어버리는지 체험했어요. 엄마는 더는 성큼성큼 앞으로 걸어 나아가지 못하고, 두 발을 조심스럽게 바닥에서 질질 끌며 앞으로 밀고 가게 되었어요. 엄마의 자세가 불과 며칠 만에 바뀌었어요. 엄마는 앞으로 구부정하게 숙인 채 걸어가며 제 팔을 꽉 붙잡았어요. 제가 엄마를 오늘 요양원으로 데려간다면, 제가 곁에 없다면, 아무도 이전의 엄마와 같은 사람이라는 걸 알아차리지 못할 정도예요. 만약 다른 상황이었다면 엄마의 쇠퇴가 좀 더 천천히 진행되지 않았을까 때때로 자문해 봤어요. 그 질문에는 제가 좀 더 잘해 드렸으면 더 낫지 않았을까 하는 마음이 숨어 있어요.

「블레이드 러너」라는 영화에서는 '보이트 캄프 테스트'로 인조 인간을 인간과 구분해요. 공감 능력이 기준인데, 특히 눈동자 반응으로 측정할 수 있어요. 수압으로 서서히 작동되는 어떤 기계가 눈을 확대하고 눈의 변화, 즉 홍채가 열리고 닫히는 것을 기록하는 거예요. 인터뷰하는 사람이 담배를 피우며 조명이 어두운 공간에서 "어머니에 대해 마음에 떠오르는 좋은 점만 몇 마디로 설명하십시오." 같은 질문을 하는 동안, 나란히 배치된 모니터에 결과가 커브 그래프와 수치로 나타나요.

제가 베를린으로 이사 왔을 때 엄마가 일주일 동안 우리 집에 와 있었죠. 역에서 만났을 때 우리는 한참 동안 얼싸안고 있었어요.
"이제 가자." 엄마가 말하고 저를 놔줬어요.
날마다 아침 식사 후에 우리는 외출을 했어요. 마이바흐 강둑 앞에서 매주 열리는 시장에서 빨강, 오렌지, 보라 무늬가 있는 옷감을 몇 미터씩 샀는데, 그것들은 요즘도 제 창문 앞에 매달려 있어요. 중고품 가게에서는 부엌 찬장 하나와 테이블과 의자 여럿, 옷장 하나를 발견했어요. 매일 오후에 우리는 커피를 마시며 달콤한 군것질 거리를 먹었는데, 그건 우리 집안의 작은 전통이었어요. 엄마가 긴 소파에 앉으면 저는 엄마의 무릎을 베고 두 다리를 뻗고 누웠고, 엄마가 제 머리를 쓰다듬어 줬어요. 엄마가 거친 손가락 끝을 제 이마에서 시작해서 머리를 지나, 머리카락 속으로 넣었다가, 머리카락을 돌돌 감기 시작했어요. 그렇게 누워 있는 동안 저는 건너편 건물의, 모르는 이웃들의 부엌이 보이는 전망에 익숙해졌어요. 그 주 주말에 아빠가 뒤따라왔었죠, 퇴근 후에 곧바로 비행기를 타고요. 아빠가 욕실에 무언가를 설치해 줘야 했었죠. 우리는 타일에 구멍을 낼 엄두가 나지 않았기 때문이에요.

"드릴 헤드를 비누로 문질러 주면 도움이 된단다." 아빠가 알려 줬어요.

"엄마는 그거 아직 생각나요?" 제가 엄마에게 물었어요. 우리는 등나무 의자 두 개에 나란히 앉아서 정면 유리를 통해 바깥 정원을 내다보고 있었어요.

"바로 떠오르지는 않아." 엄마가 말했어요.

아빠가 중환자실에 입원하자, 엄마는 자신의 기준점인 아빠를 이미 널리 퍼져 버린 혼돈 속에서 잃어버렸었어요. 그때 엄마는 제가 그토록 걱정했던 발작을 일으켰어요. 아빠는 죽으려던 시도를 통해 엄마의 죽음으로 한 걸음 더 들어간 것이기도 해요. 저는 지금 엄마의 삶과, 아빠가 없는 엄마의 삶을 그렇게 상상해요. 엄마는 여태껏 가 본 적 없는 공간에 존재하게 되는 거죠. 엄마는 길도 알지 못하고, 상대방이 누군지도 모르고, 침대도, 테이블도, 의자도 모르고, 어디로 들어가는 문인지도 몰라요. 관습도 모르고, 자신이 만나는 사람들도 몰라요. 엄마는 계속해서 상황을 파악하려고 시도하지만, 성공하지 못해요. 엄마는 사람들이 엄마한테 좋은 의도로 그런다는 걸 신뢰해야 해요. 이런 낯선 곳 한복판에 딸인 제가 나타나자, 엄마는 긴장이 풀려서 표정이 한결 부드러워지는 게 보였어요. 하지만 저는 다시 사라질 거고, 순간적으로 잊히게 되면 아예 거기 없었던 셈이 되어 버리겠죠. 저는 절대 아빠를 대체할 수 없어요, 아빠.

엄마의 삶은 힘들어질 게 분명해요. 그리고 저는 엄마의 그런 모습을 지켜보게 되겠죠. 저는 이렇게 힘든 엄마를 기꺼이 위로해 드리고 싶어요. 무엇보다 아빠로부터 급작스럽게 분리된 고통에 대해서요. 저는 입구조차 찾을 수 없는 차원에 있겠죠. 물론 저도 기꺼이 엄마에게 위로받고 싶어요, 기꺼이 또다시 엄마 무릎을 베고 눕고 싶어요. 몹시 지독한 냄새가 나는 무릎이더라도 기꺼이 베고 누워서 엄마가 제 머리를 쓰다듬어 줬으면 좋겠어요.

"저기 벽에 빨간빛이 도는 담쟁이덩굴 보여요?"

엄마가 고개를 끄덕였어요.

"지난가을에 엄마랑 아빠 둘이서 저걸 제게 보여 줬었죠."

엄마가 정면을 쳐다봤어요.

"저건 짧은 기간만 아주 빨갛게 물들어 있죠. 그런 다음 모든 잎이 떨어지고 나면 크고 작은 갈색 가지만 남게 돼요." 제가 설명했어요.

"깜짝 선물이야." 제가 아이와 함께 요양원 주거 시설에 아빠 엄마를 데리러 가서 함께 정원으로 가는 중에 아빠가 말했었어요. 제가 아빠의 휠체어를 밀고, 아이는 아빠 무릎에 올라앉은 채로 엄마는 우리 옆에서 나란히 걸어갔어요. 정원으로 가는 경사로에서 엄마가 갑작스럽게 휠체어로 손을 뻗으며 저를 옆으로 밀쳤어요. 엄마는 제가 계속 아빠를 밀게 두지 않았어요. 아빠를 제가 보살피게 두려고 하지 않은 거예요. 휠체어가 경사면에서는 아래로 자꾸 미끄러지기 때문에, 아빠와 아이를 태운 휠체어를 붙잡고 미는 건 엄마에게 힘들다는 것을 알면서도, 그냥 엄마의 뜻에 맡겼어요.

"봐 봐." 아빠가 말했어요. 우리는 아빠 말대로 창문이 없는 5층 높이 건물 외벽 전체가 진빨강으로 뒤덮여 있는 모습을 감상했어요.

정원에서 보낸 시간이 종종 우리에겐 가장 아름다운 시간이었어요. 아이는 분수대 앞에서 물뿌리개에 물을 채워서 꽃에 물을 주기도 했어요. 그 당시처럼 분수가 꺼졌을 때는 길가의 나뭇잎을 쓸어 모은 다음 나뭇잎 더미로 뛰어들기도 하고 나뭇잎들이 다시 회오리쳐 날려 올라가게끔 하기도 했어요. 아빠는 담배를 피우기도 했고, 우리는 분수 주위에 직사각형으로 배치된 벤치에 함께 앉아 있기도 했어요. 도시의 떠들썩한 소음은 건물 뒤편에서 멀게만 들렸어요. 엄마는 나뭇잎을 가리키며 반짝이는 색깔을 계속 언급했어요.

"바람이 하나도 안 부네." 엄마가 갑자기 말했어요.

"맞아요. 아무것도 안 움직여요, 나뭇잎 하나도." 제가 대답했어요.

"바람이 하나도 안 불어." 엄마가 되풀이해서 말하며 꼼짝 않고 앉아서 계속 창밖을 내다봤어요.

아빠가 없는 시기에, 엄마와 제가 어떻게 해야 함께 있을 수 있을지 이해할 때까지 시간이 걸렸어요. 우리는 아무것도 할 필요가 없었어요. 산책도 할 필요가 없었고 뭐든 기억할 필요도 없었어요. 엄마에게 필요한 건 그냥 곁에 앉아 있어 주는 거었어요.

엄마는 의자 등받이의 나뭇가지가 어떻게 엮여 있는지 손가락으로 일일이 매만져 봤어요. 꼼꼼히 다 만져 보고 나서야 손가락을 멈추고 다시 저와 함께 창밖을 바라봤어요.

"엄마, 사랑해요."

엄마가 미소를 지었어요. "진짜?"

"완전 진짜죠."

"여긴 아직 비어 있어요." 우리 옆의 여자가 보행 보조기에 기댄 채 막 우리 뒤로 지나가는 어떤 남자에게 소리쳐 알려 줬어요. 정원과 담쟁이덩굴이 보이는 전망이 인기가 있어요.

"여긴 아직 비가 온다고?" 엄마가 물었어요.

"따님이세요?" 그 남자가 저한테 물었어요.

"네." 제가 대답했어요.

"저는 아무도 없어요." 그 남자가 말했어요. 그의 라디오가 보행 보조기 위에서 윙윙거렸어요. 그리고 그가 베를린 사투리로 말했어요. "쩌는 암토 없어여."라고요.

"저 사람 이름이 쩌는이래?" 엄마가 물었어요.

제가 웃자 엄마도 미소를 지었고 그분도 웃었어요.

제가 일어서서 작별 인사를 하자 엄마 얼굴에 두려움이 스치고 엄마 몸이 바싹 긴장하는 게 보였어요. "그럼 나는?" 엄마가 물었어요.

"엄마는 여기 남아 계시면 돼요." 제가 엄마의 손을 쓰다듬으며 말했어요. "곧 저녁 식사 시간이에요."

"아하." 엄마는 사실을 구체적으로 파악하려고 해요. 과정과 정보까지요. "어디에서?" 엄마가 물었어요.

"엄마가 여기에 앉아 있으면 모시러 올 거예요."

제 대답이 엄마를 완전히 안심시키진 못했나 봐요. "여기에?" 엄마가 물었어요.

"네."

"난 내가 어디에 있는지도 전혀 모르는데." 엄마가 말하며 주위를 둘러봤어요. "내가 그걸 해낼 수 있을까?"

"네, 엄마, 엄마는 잘 해낼 거예요. 전 내일 다시 올게요. 이제 그만 가야 해요."

"네가 할 일이 많은 거 알아. 너한텐 네 삶이 있지." 엄마가 말했어요. 정말 그럴듯한 대화였어요.

저는 통로 끝에 이르러서도 엄마를 좀 더 지켜봤어요. 엄마는 2년 전까지만 해도 언제나 제가 복도 끝에 다다를 때까지 계속 지켜봤는데, 이제는 제가 가는 모습을 쳐다보지도 않아요. 저는 어렸을 때 자전거로 학교에 다녔는데, 엄마가 발코니에 서서 제가 모퉁이에서 자전거를 탄 마누엘을 만나서 시야에서 사라질 때까지 제 뒤에서 손을 흔들었어요. 그런데 이제 엄마는 꼼짝도 하지 않고 거기 앉아 있기만 해서, 엄마의 시선이 어디로 향하는지 알아차릴 수가 없어요. 마치 엄마가 여전히 계속 정원을 내다보고 있는 것처럼 보였어요.

잠자는 것과 떨어져 나가는 것

제 손전등 불빛과 마누엘의 전등 불빛이 벽에서 서로를 향해 급히 가서, 뒤섞이다가, 빛나고 떨리는 점 하나가 되었어요. 마누엘이 혼자 입 맞추는 소리를 냈고, 저도 응답하는 소리를 내려고 했는데 오히려 방귀 소리처럼 들려서 우리는 웃음이 터져 나오는 걸 참을 수가 없었어요. 그런데 시간이 조금 지나자, 놀면서 그토록 가까이 다가간 건 우리의 불빛만이 아니라 우리 자신도였어요. 제가 마누엘 위에, 그의 배 위에 올라앉아서, 격렬하게 앞뒤로 움직이다가 계속 아래로 미끄러지듯 내려갔어요. 우리는 부모님이 들어오면 안 된다는 걸 알고 있었어요. 그때 우리는 서로를 쳐다보지 않았어요. 수십 년 후에 마누엘이 저를 자기 동성 남편에게 이런 말로 소개했어요. "원래 나는 마렌이랑 결혼하기로 약속했었어." 그때 저는 마누엘을 생생하게 간직하고 싶어서, 저를 그의 빛으로 뒤쫓거나 제게 키스하도록, 저의 빛으로 그를 도발했어요. 그러나 마누엘은 피곤해했어요. 그의 이불 위로 멀리 끝없이 이어지는 긴 빛 줄기 하나가 비치고 있었는데 그것 때문에 더는 흥분하지도, 움직이지도 못했어요.

"마누엘, 너 벌써 자니?" 제가 물었는데 그가 더는 대답하지 않았어요. 그래요, 그는 이미 잠이 들었어요. 저는 떨어져 나갔어요. 그게 매우 빨리 이루어졌어요. 저는 어디에도 기댈 데가 없어서 울었어요. 마누엘도 잠에서 깨더니 울기 시작했어요. 마누엘 부모님이 깼어요. 저를 그분들 침대로 데려가서는 그분들 사이에 눕혔어요. 저는 두 매트리스 사이 틈새에라도 숨고 싶었어요. 마누엘 어머니가 아빠 엄마에게 전화를 걸었지요. 엄마가 저를 데리러 왔을 때 뾰로통한 얼굴을 하고 있던 게 기억나요. 엄마는 입술을 꽉 다물고 있었는데, 윗입술 가운데에 작은 공 모양 물방울이 하나 매달려 있다가 떨어졌어요. 엄마가 제 손을 거칠게 확 잡았어요. 엄마가 한밤중에 전화를 받고는 제가 집에 없는 걸 확인하자마자 바지를 얼마나 허둥지둥 입고 나왔을지 그 모습이 제 머릿속에 훤하게 그려졌어요.

아이는 태어나서 처음 몇 년 동안은 밤에 잠을 오래 자지 않고, 한 번에 겨우 한두 시간씩만 잤어요. 언젠가 제가 부엌에서 젖병에 따뜻한 차를 담다가 잠이 너무 쏟아져서 스스로 제 따귀를 때린 적이 있었는데, 철썩하는 소리가 무척 크게 났어요.

엄마가 저를 데리러 왔을 때와 똑같이 뾰로통한 표정을 지었던 때가 있었어요. 경찰관 두 명이 우리 거실에 서서 아빠한테 질문하는 것으로 보아, 아빠가 무슨 잘못을 저지른 게 틀림없었어요. 식탁 앞에 서 있었던 저는 어두운 옷을 입은 그들이 무서웠는데, 체구가 엄청 육중해서 더 두려웠어요. 그리고 조금은 아빠도, 아빠가 저지른 일도 두려웠어요. 엄마 쪽을 봤더니 엄마는 팔짱을 끼고 서 있었는데 입술 끝에 작은 물방울이 맺혀 있었어요. 이삿짐 상자 다섯 개 중 하나에 있는 서류철에서 제가 그 일에 해당하는 약식 명령서를 발견했어요. 1980년 2월 18일에 에슬링겐지방법원에서 발부한 거예요. 얇은 먹지 위에 강하게 누르는 타자기 글씨로 쓰여 있었어요. 아빠가 '선행된 과도한 음주로 인해 절대 운전하면 안 되는 상황에' 있었다는 것, 아빠가 혈중 알코올 농도가 0.237%인데도 자동차를 운전했고, 회전하다가 정원 울타리 하나를 앞뒤로 들이받아서 납작하게 만들어 버렸다는 사실을 저는 40년이 지난 후에야 알게 되었어요. 아빠가 모눈종이에 자필로 기록한 진술서도 덧붙어 있었는데, 종이가 이미 누렇게 바래 있었어요. 아빠가 그날 저녁의 일을 기술해 놓았어요. 동료들과 축구 경기 후에 아빠 혼자 '라팔로마'라는 나이트클럽으로 갔다고 쓰여 있는 것으로 보아 최소한 그건 아빠가 쓴 게 맞겠어요. "잠시 후에 어떤 호스티스가 저에게 말을 걸길래 그녀에게 칵테일 한 잔을 사 주고 제가 마실 맥주 하나를 더 주문했어요. 제가 소지하고 있던 현금은 대략 350마르크였어요. 이유는 모르겠지만 저는 그 후 뭐가 어떻게 된 건지 전혀 기억이 나지 않습니다. 병원에서 채혈하느라 바늘에 찔렸을 때 비로소 정신을 차렸고, 유니폼을 입은 공무원들과 의사 한 명이 와 있는 걸 확인했어요. 그다음 날에야 저는 지갑에 30페니히밖에 남아 있지 않다는 걸 확인했습니다." 아빠의 글씨는 이때까지만 해도 앞으로 기운 형태로 또렷했고, 최근 몇 년 동안 생긴, 불안한 흔적은 전혀 없었어요.

제가 아이에게 『도대체 누가 거기에서 잘 수 있을까?』라는 책을 읽어 주고 있었어요. 꼬마 토끼가 꼬마 족제비네 집에서 밤을 지내게 되었어요. 그러나 잠을 잘 수 없어서 울어요. 마누엘의 엄마처럼 꼬마 족제비의 아빠가 꼬마 토끼네 부모에게 전화를 걸어요. 꼬마 토끼의 엄마가 와서 꼬마 토끼의 팔을 잡아요. "다음 기회에 다시 시도해 보자."라고 쓰여 있어요. 제가 말문이 막혀서 차마 더 읽지 못하자 아이가 저를 쳐다보며 "읽어 주세요."라고 재촉했어요.

저는 아이가 아직 제 배 속에 있던 시기를, 아이 앞에서는 아이가 아직 '하늘의 별이었을 때'라고 표현해요. 그런데 그 시기에 아이 아빠와 제가 하룻밤을 꼬박 병원에 있었어요. 경찰이 채혈하기 위해 우리를 태워서 병원으로 갔고, 우리는 결과를 계속 기다리고 있었던 거예요. 아이가 창공에서 유성으로 분리될 때, 즉 분만 직전에, 그것도 예정일보다 2주나 지나서 세상에 나오는데도, 저는 첫 진통이 왔을 때 아이 아빠를 하룻밤을 꼬박 기다렸어요.

엄마는 침구를 널어 말릴 때면, 매트리스 두 개 다 부부 침대 양쪽에 세워 놓았어요. 매트리스는 침대 바깥 모서리에 기대어 서 있었어요. 저는 그것으로 집을 한 채 지었어요. 수건 여러 개와 시트를 그 위에 걸쳐 놓고, 빨래집게로 매트리스에 고정하고는 그 속에서 오후를 보내곤 했어요. 제가 간단한 약탈 행각을 해서 쿠션 하나를 가져왔어요. 그런 다음에 제 인형을 가져오고, 마지막으로 사탕 몇 개도 가져왔지요. 침대 발치에 있는 나무 막대기들은 저의 망대였어요. 사탕 하나를 입에 물고 오물거리며 그 막대기들 사이로 망을 봤어요. 그렇게 놀다가 엄마가 저녁 먹으러 오라고 부르면 너무 속상해서 울었어요. 이 어둑어둑한 좁은 곳에서 언제까지나 지내고 싶었거든요.

9.

얼마 남지 않은 시간들

제가 엄마를 먼저 양로원에 모셔 놓고, 나중에 아빠까지 양로원으로 모셔 와서 아빠 엄마가 서로 잘 적응하고 함께 지낸 지 2년이 지났지요. 제가 예상했던 것보다 더 오래 더 아름답게 지내셨어요. 이제 아빠가 두 번째로 요양원에 도착했어요. 아빠는 열흘 동안 병원 집중 치료실과 완화 의료 병동에 있었잖아요. 그런데 아빠가 돌아온 지금은 상황이 많이 달라졌어요. 아빠는 다시 주거 공동체로 돌아온 반면 엄마는 계속 본관에 있어요. 간호사들이 아빠의 방을 머무를 수 있게끔 준비해 놓았어요. 머무는 기간이 몇 주가 될 수도 있고, 그 잘생긴 의사가 말했던 것처럼 어쩌면 몇 달이 될 수도 있겠죠. 아빠는 이제 침대에서 더는 일어서지 못하겠지요. 그래서 아빠가 뒷마당 너머로 본관 쪽을 볼 수 있게끔 아빠 침대를 창가로 밀어 옮겨 놓았어요. 다니엘라가 엄마가 지내던 방에서 텔레비전을 가져와서 침대 발치 쪽에 설치해 놓았어요. 창문 턱에는 아빠의 전화기가 준비되어 있는데, 다니엘라가 갈고리 하나를 널빤지에 나사로 고정시키고 충전 케이블을 그 둘레에 감아서, 아빠가 전화기를 잡을 때 전화기가 떨어지지 않게끔 해 놓았어요. 저는 아빠 곁에 많이 있고, 엄마 곁에는 조금만 있을 거예요. 아빠에게 얼마 남지 않은 소중한 시간을 아빠와 함께 누리고 싶어요. 그런 다음에 엄마와도 시간을 보낼 수 있으리라 생각해요. 저는 어렸을 때처럼, 아빠를 선택했어요.

아빠는 늘 베개 두 개를 포개어 베어 머리를 살짝 높인 채로, 이불을 덮고 창문을 비스듬히 연 상태로 누워 있어요. 산소 호흡기가 윙윙, 꾸르륵거리고 있어요. 저는 아빠를 방문할 때마다 매번, 아빠 이마에 뽀뽀하고 손을 아빠의 이마 주위에 머리카락이 나기 시작하는 부분에 얹어요. 그리고 아빠가 이따금 극심한 통증으로 몸을 웅크린 채 땀을 몹시 흘리고 있을지라도, 모르핀 주사로 통증을 줄인 나머지 너무 약한 상태로 그냥 누워만 있을지라도, 그물 모양 속바지에 두꺼운 기저귀를 차고 있을지라도, 그 모든 것이 그렇다고 할지라도, 아빠에게서는 여전히 그토록 좋은 저의 아빠 냄새가 나요. 아빠의 머리가 늘 쓰던 샴푸로 감겨 있다는 걸 알아차릴 수 있었어요. 아빠 냄새가 샴푸 냄새와 섞여서 나고 있거든요. 톡 쏘는 술 냄새도 사라졌어요. 담배 냄새도요. 모든 중독이 아빠에게서 떨어져 나갔어요. 아빠와 아빠의 냄새가 강한 튤립 향으로 명확히 드러나고 있어요. 아빠도 아빠의 냄새도 정말 좋아요.

"아빠, 일요일에 엄마에게 갔었는데요, 엄마는 잘 지내고 있어요."

"그래?"

아빠는 엄마에 관해 거의 묻지 않아요. 그게 저에겐, 마치 엄마 아빠가 이미 서로 작별한 것같이 여겨져요. 마치 아빠가 엄마를 이미 놓아준 것 같아요. 구급차가 와서 아빠를 집중 치료실로 실어 갔던 그날 저녁에요.

"엄마와 저는 커다란 창문 앞에서 정원 쪽을 향해 앉아 있었어요. 우리는 빨갛게 물든 담쟁이덩굴을 지켜봤어요." 제가 말했어요.

"그래." 아빠가 말했어요. 그러고 나서 "나 피곤해. 이제 좀 잘게." 라고 했어요.

"안녕히 주무세요." 제가 인사하고 아빠의 머리카락이 시작되는 부분에 제 손을 다시 올려놓았어요. 저는 아빠 얼굴에 매우 가까이 있어요. 제가 아주 어린 꼬마였을 때 친할머니 무릎에 앉아 있는 모습을 찍은 사진이 있어요. 친할머니는 악성 종양으로 인해 병색이 완연하고 몹시 상한 얼굴이지만 다정한 눈빛이 깃들어 있어요. 저는 아우구스테 친할머니를 단지 느낌으로만 기억하고, 얼굴은 오로지 사진으로만 알고 있지만, 아빠가 그분의 아들이라는 게 저절로 느껴져요. 아빠는 할머니와 똑같이 눈길이 따뜻하고, 똑같이 얼굴형이 갸름하거든요. 아빠는 눈동자가 옆으로 움직이고 눈꺼풀이 닫히더니 입이 힘이 빠져 살짝 열린 채 스르르 잠이 들었어요.

아빠의 침대 앞에 앉아서 아빠를 지켜보다 보니 카테터에 대한 궁금증이 생겨났어요. 아빠가 다시 요양원에 온 이후로 카테터를 교체하지 않았거든요. 그래서 요양원 의사인 하거 박사에게 그것에 대해 물었어요.

"아버님께서 교체를 거부하셨습니다." 제가 차마 아무 말도 하지 못하자 의사가 덧붙여 말했어요. "아버님은 죽고 싶어 하세요. 아마 어떤 염증으로 돌아가시게 될 겁니다."

"그러면 그건 죽는 방법 중에서 가장 나쁜 건 아닐까요?"

"글쎄요. 아버님은 열이 나게 될 겁니다. 그런데 상대적으로 빨리 진행됩니다." 의사가 명확하게 직설적으로 언급해 줘서 오히려 좋았어요. "결정은 아버님이 내렸습니다. 그 결과도 잘 알고 계시고요. 제가 그것을 아버님과 상의했습니다. 상세하게요."

저도 그걸 아빠와 상의했지요.

"나는 그 모든 것을 더는 하고 싶지 않아." 아빠가 말했어요.

"아빠가 그로 인해 사망할 수 있어요. 그걸 알고 계세요?"

"물론이지. 알고 있고말고."

그리고 잠시 후에 아빠가 덧붙여 말했는데, 저에게라기보다는 아빠 자신에게 하는 말 같았어요. "내가 투르드프랑스*를 끝까지 볼 수 있으면 좋겠다."

아빠의 죽음은 그렇게 계속 진행되고 있어요. 그러나 아빠의 바

---

* Tour de France, 프랑스에서 매년 7월에 3주 동안 개최되는 세계적인 사이클 경기.

람은 점차 절박성을 잃고 여러 여유로운 가정에 자리를 내주고 있어요. 아빠는 카테터를 다시 교체하게 되겠지요. 아빠는 심지어 이렇게 말하게 되겠지요. "저는 여기 있어도 되는 하루하루에 감사하고 있습니다." 간호사 토르스텐이 우리가 뒷마당에서 만날 때 아빠의 창문 쪽으로 고개를 끄덕이며 이렇게 말하게 되겠지요. "불사신이에요, 그렇죠?"

베스터 씨와의 대화도 이 시기에 이루어졌어요. 베스터 씨는 호스피스 업무 담당자로 아빠를 정기적으로 방문하는데, 대담하고 지적이고 재치 있는 여성이에요. 그런데 아빠가 그분에게 감정적으로 거리를 유지하는 것 같기도 하고 그분이 아빠에게 그러는 것 같기도 해요. 그래서 처음엔 제가 좀 아쉬워했어요. 그러나 나중에 그분이 상당히 규칙적으로 방문하고 있으며, 두 분이 다른 차원에서 가까워지고 있다는 것을 알게 되었어요. 베스터 씨는 만약 자신에게 난치성 질병이 발병한다거나 더 살고 싶지 않을 때, 단식 사망의 방법을 선택하기로 했대요. 그분의 대자가 함께 있어 줄 거고, 그 시기에 그분의 집 손님방으로 옮겨 가기로 상의가 되어 있고, 들러 줄 여의사 한 명도 알고 있대요. 하지만 그럴 때 의사는 전혀 필요 없다는 것을 우리는 알고 있어요. 인간이 먹거나 마시지 않고 물러나면, 며칠 이내에 평화로운 죽음을 유도할 수 있어요. 완화 의료 전문가인 보라시오도 치료 불가능한 노인들이 병원 치료와 음식물 섭취를 좀 더 일찍 중단했을 거라고 설명하고 있어요. "그들이 그래서 굶어 죽고 목말라 죽었냐고요? 아닙니다. 그들은 촛불이 꺼지는 것처럼, 숨이 끊어졌습니다."14 사람들이 먹는 것과 마시는 것을 다시 시작할 수 있게 하면 어쨌든 며칠 동안 생각할 시간이 주어지므로, 음식물 섭취를 중단함으로써 사망에 이르는 방법은 단번에 충동적으로 결정 내리지 않도록 계획되어 있다고 베스터 씨가 설명해 줬어요. 유일한 문제는 입이 마르는 것이래요. 베스터 씨에 따르면 "그러나 샴페인으로 만든 각 얼음을 빨아 먹을 수 있어요."

어떤 여성이 몇 년에 걸친 투쟁이라고 표현할 정도로 힘들고 당황스러운 투병 과정을 거치며 쇠약해진 후에 이 길을 선택하고, 임종에 이르는 과정에 영화 팀이 동행해 촬영한 다큐멘터리를 본 적이 있어요. 그녀도 딸과 손주들이 있는 자리에서 먹는 것과 마시는 것을 중지하기 위해, 독일 남부에서 베를린으로 왔어요. 딸이 엄마 옆 침대에서 어쩌다 잠깐 잠이 들었는데, 잠에서 깨 보니 엄마가 사망해 있었대요. 그날 아침에 어머니는 스스로 샤워도 했었대요. 어머니와 딸은 그 기간 내내 이야기도 많이 나누었고 서로 의견도 교환하며 시간을 보냈어요. 인터뷰에서 어머니와의 이 마지막 시간에 대해 이야기하는 딸의 얼굴은 평온하다 못해 행복해 보일 정도였어요. 여기에서도 각 얼음이 입속에 투입되었어요.

제가 아빠에게 그 다큐멘터리에 관해서 이야기할 때, 아빠는 무척 주의 깊게 귀 기울여 듣고 계셨어요. 제 생각에, 아빠가 그걸 하나의 가능성으로써 마음속에 새겨 두는 느낌이었어요. 그러나 아빠는 당분간 계속 콜라를 마셔요. 스티븐이 특별히 키오스크에서 아빠에게 사다 준 거죠. 그가 꽤 여러 상자를 주거 시설로 힘들게 끌고 왔어요. 냉장고엔 아빠 이름이 적힌 콜라 병들이 들어 있고, 아빠 침대 쪽 선반에는 항상 콜라와 함께 대개 끈적끈적한 양쪽 손잡이가 달린 컵 하나가 놓여 있어요. 아빠는 드물게 예외적으로, 때로는 요구르트 한 개나 대서양큰붉은볼락 한 조각이나, 모퉁이를 돌면 있는 간이음식점의 카레 소시지 하나를 먹을 때도 있긴 하지만, 콜라야말로 아빠가 아직 섭취하고 있는 유일한 음식물인 셈이에요. 아빠가 집중 치료실에 누워 있을 때, 제가 매점에서 얼음처럼 차가운 음료수를 사서 가져간 적이 있었죠. 찬 콜라 병으로 아빠의 이마와 목을 식혀 드렸어요. 그랬더니 아빠가 콜라를 좀 마셔도 되겠냐고 물어서 제가 얼른 병을 열어 드렸지요. 그때부터 우리는 달콤한 음료수를 함께 마셨어요. 사실 아빠는 설탕이 든 걸 마셨지만 저는 설탕이 들지 않은 걸 마셨답니다.

환각

뵈트허 선생님이 공식들을 분필로 칠판에 쓰는 동안 저는 선생님 엉덩이가 플레어스커트 속에서 씰룩거리는 게 너무 웃겨서 질비아와 발작적으로 웃음을 터뜨리고 말았어요. 화가 난 선생님이 우리더러 수업에서 나가라고 윽박지르는데도 웃음이 그치질 않았는데, 그럴 때 단번에 웃음을 그칠 수 있는 비법이 있어요. 아빠가 알코올 중독자라는 생각을 떠올리면 순식간에 웃음기가 사라졌어요.

저는 제 생일 파티를 발코니에서 했어요. 열다섯 번째였나, 아마 열여섯 번째 생일이었던 것 같아요. 아빠와 엄마는 일찍 잠자리에 드셨죠, 절 위해서요. 우리가 부엌 냉장고에서 콜라나 맥주를 마음대로 더 가져올 수 있도록 배려해 주신 거겠죠. 하지만 그러고 나서 거기에 다른 아이들과 앉아 있다가, 저는 엄마가 아빠와 어떻게 화장실에 가는지, 엄마가 아빠를 어떻게 화장실로 데려가는지 보고 말았어요. 옌스도 그걸 봤어요. 저는 그 애의 눈길이 어디로 향하고 있는지 알아차렸어요. 그 애의 머리가 제 머리와 마찬가지로 오른쪽에서 천천히 왼쪽으로 움직였거든요. 엄마가 술에 잔뜩 취해 몸도 제대로 가누지 못하는 아빠를 부축해서 긴 복도를 따라서, 발코니 쪽 유일한 창문을 지나고, 제 방 앞을 지나고, 욕실 앞을 지나 이끌어 가는 모습을 제 친구도 봐 버린 거예요.

제가 20대 후반이었을 때, 어떤 남자 동료가 프랑크푸르트영화박물관 앞에서 저에게 "제 어머니는 알코올 중독자예요."라고 말했어요. 그러자 제 속에서 제가 몰랐던 시야가 트이는 느낌이 들었어요. 어쨌든 모두가 알고는 있지만, 창피하기도 하고 아빠를 보호할 필요도 있어서 그것에 관해 지금까지 단 한 번도 이야기한 적이 없는데 그걸 그가 경험했다고 이야기하자, 즉 갑자기 다른 사람이 이 문장을 말하자, 곪은 상처를 싸매고 있던 오래 묵은 붕대가 풀리는 느낌이 들었어요. 그런데도 제가 다른 사람들을 마주하고 그 사실을 말할 수 있을 때까지는 또 1년이 더 걸렸어요. 이제는 아빠에게도 말할 수 있게 되었고요.

제가 언젠가 주말에 아빠 엄마를 방문했을 때, 우리는 함께 봄 바흐탈에서 산책을 한 적이 있었죠. 길을 걸으면서 아빠가 저에게 가지 하나에 빽빽하게 열매가 맺히는 가시자두나무에 관해 알려 줬어요. 저에게 뭔가를 보여 주고 싶은데, 어떤 의도가 있다는 것을 드러내지 않고 특정한 길로 유도할 때 늘 하는 아빠 나름의 방법이었죠. 우리가 풀밭을 가로질러 건너가서 그 나무 아래에 도착하자 비로소 아빠가 저에게 친할아버지가 그것으로 어떻게 가시자두유령*을 빚었는지 설명해 줬어요. 정향나무 꽃봉오리를 넣은 것이 결정적이었을 거라고도 했어요. 하지만 제가 아빠의 말을 도중에 끊고 제 생각을 말해 버렸어요. "아빠가 술을 마시지 않았으면 좋겠어요."

그러자 아빠가 대답했어요. "나도 알아. 그래도 나한테 너무 그렇게 야박하게 굴지 마라, 마릴레."

그러고 나서 아빠가 술을 끊었지요. 몇 달 동안이요. 오래가지는 못했어요. 그런 다음 되풀이해서 또 몇 달씩 끊기도 했어요. 하지만 결코 오래가지는 못했어요.

제가 우울할 때 저와 함께 숲속을 산책하러 가는 사람은 항상 엄마였어요. 슐뢰스레스뮐레** 앞을 지날 때 저는 시야가 마치 1, 2미

---

* 알코올 도수가 40도에 이르는 독한 술 이름.
** Schlösslesmühle, 예전에 방앗간이었던 곳으로, 현재는 비어 가든을 갖춘 카페 겸 레스토랑이다.

터에 제한되어 있는 느낌이 들었어요. 저를 둘러싼 모든 게 희미하고 멀리 떨어져 있는 것 같았어요. 목조 가옥이 왼쪽에 서 있었는데, 아마 슐뢰스레스뮐레였겠죠. 우리가 시냇물을 건너는데, 비행기들이 굉음을 내며 우리 위로 지나갔어요. 제가 기차로 아빠 엄마에게로 갈 때, 만하임과 슈투트가르트 사이에서, 타원형 창문이 있는 출구 근처에서, 기차 속도가 느껴질 때 우울감이 엄습했어요. 급작스럽고 예기치 않게 제 속에서 뭔가가 무너졌어요. 마치 뼈에서 근육과 힘줄이 떨어진 것처럼요. 그리고 공허한 어둠이 퍼지더니 몇 달 동안 유지되었어요. 그건 모르던 게 아니었어요.

여러 해 전에 제가 어릴 적 쓰던 방 옆에 있던 욕실에서 머리카락을 검게 염색하려고 했던 적이 있어요. 그런데 수건에서 머리카락이 파랗게 물들어 버렸어요. 저는 몸을 앞으로 숙이고 머리카락에서 그 색깔을 씻어 냈어요. 어두운 거품이 욕조 하수구로 흘러 들어갔어요. 그때 처음으로 우울감이 저를 휘어잡았어요. 당시에 저는 앉아 있었는데, 파란색은 씻겨 나가고 짙은 검정에 자리를 내줬어요. 시작할 때는 더 밝았어요. 탁자 앞에서 엄마에게 제가 어떻게 느꼈는지 말했어요. 사실은 전혀 말하지 않았어요. 그런 상황에서도 저는 학교에 다녔고 최고 점수를 받아 왔어요. 제가 아직 일상생활을 할 수는 있었지만, 원만한 유대 관계를 맺지는 못했어요. 심리치료사의 병원에는 바닥에 파란 선 하나가 그어져 있었어요, 대기실에서 출발해서 진료실로 안내하는 역할을 하는 선이었어요. 저는 네 번 만에 더는 치료 모임에 가지 않았어요. 기타 수업에도 더는 가지 않았고, 핸드볼도 하러 가지 않았어요. 엄마가 저를 여기저기에 등록해 놓았었거든요. 그리고 몇 년 후에, 제가 방학 때 아빠 엄마를, 단지 며칠 동안만 있을 작정으로 방문했어요. 하지만 기차를 타고 도착했을 때, 저는 아빠 엄마 집에 덫에 걸린 듯 단단히 걸려 있게 되었어요, 그 좁은 방에요. 그리고 아침마다 엄마가 저를 깨웠어요, 제가 방학 내내 자면서 시간을 보내지 않도록요. 엄마는 저한테 적어도 요구르트 하나라도 먹게끔 했어요. 그리고 저를 라우흐 박사에게로 데려갔어요. 엄마가 약국에서 약을 사 왔는데, 항우울제와 그런 물약들이었어요.

저는 그런 일을 한 사람이 늘 엄마였다는 걸 알고 있어요. 언제나 그랬어요. 새벽 두 시 반에 베른하우젠의 야간 버스 정류장으로 저를 데리러 온 것도 엄마였죠. 제가 데킬라 때문에 거기에서 아주 끔찍하게 토하고 있었는데 엄마가 걱정돼서 저한테 전화한 거예요. 나중에 아빠와 엄마의 베를린 여행 계획을 짜고 준비한 것도 엄마였어요. 항상 엄마였죠.

그리고 아빠 곁에 머물렀던 것도 항상 엄마였어요. 술을 사 온 것도 엄마였지요. 그 술병을 버려 준 것도 엄마였고요. 아빠, 제가 아빠의 알코올 중독으로 얼마나 많이 고통스러워했는지 마침내 아빠에게 말했을 때 "난 그게 너한테 부담이 되는 줄 전혀 몰랐어."라고 말한 것도 엄마였어요.

지금 엄마는 부재중이에요, 비록 엄마의 몸은 아직 있지만요. 저는 거기에 익숙해졌어야 했어요. 왜냐하면 아빠가 저녁마다 특정한 시점부터는, 특정한 수위부터는 부재중이었기 때문이에요. 밤마다 땀 흘리며 자고 있는 아빠의 몸만 거기 있었기 때문이에요. 저는 아빠가 어느 시점부터는 더 이상 저를 도울 수 없겠다는 느낌을 받았어요, 그것도 이미 어렸을 때부터요. 물론 나중에 커서도 알고 있었고요. 아빠가 술에 취해 있으면 제가 완전히 절망적이라는 것을요. 제가 거기에 익숙해지지 않았다는 걸 너무나 잘 알고 있어요.

저는 프랑크푸르트 베스트엔트에 있는 정신과 병원 문을 급히 두드렸어요. 항우울제에 대한 처방전만 받으면 되는 일이었어요. 병원 안쪽에서 인기척이 들렸어요. 사람들이 걸어 다니는 소리도 나고 여기저기서 대화하는 소리도 조금씩 들렸어요. 그래서 문을 세게 두드렸어요. 어떤 간호사가 문을 빼꼼히 열고는, 병원은 한 시부터 닫았으니 다음 주에 다시 오라고 말했어요. 그때가 한 시 직후였어요. "저는 처방전 하나만 받으면 돼요." 제가 말했지만 문은 이미 다시 닫혀 있었어요. "제가 주말에 베를린으로 이사 가기 때문에, 처방전이 필요하다고요." 제가 문과 문틀에 대고 소리쳤어요. "베를린에는 아직 제 담당 정신과 의사가 없단 말이에요." 제가 주먹으로 문을 쾅 쳤어요. 아래팔에 상처가 났어요, 동맥이 아주 가까운 자리에요. 따끔거렸어요. 급기야 나무를 발로 걷어차 버렸어요. 마침내 입장 허락을 받고 들어가 보니, 의사 둘 다 이미 접수대 앞에 준비하고

서 있었어요. 그리고 왼쪽에 대기실이 열려 있었고 거기엔 아직 기다
리고 있는 사람이 네다섯 명쯤 있었는데, 그 네다섯 명은 아무튼 저
를 조용히 지켜보고 있었어요.

10.

아빠가 보고 싶은 사람들

아빠, 아빠는 자신이 곧 죽을 것임을 알고, 요양원 본관이 보이는 침대에서, 아빠에게 중요한 몇 사람에게 전화를 걸었지요. 살면서 전화라곤 하는 법이 없던 아빠가요. 다른 사람들한테는 제가 연락해야 해요. 그래서 그들의 이름을 적어 두었어요. 아빠가 저한테 경제적으로 걱정스러운 상태냐고 물어서 조금 그렇다고 이야기했는데, 그것이 전부는 아니지만, 어느 정도는 사실이라고 봐요. 그리고 아빠가 장례식을 거론했지요. 아빠가 수목장에 관한 다큐멘터리를 보고 그걸 상상해 봤댔죠. 제가 장례 지도사에게 연락을 취하자 지도사가 아빠를 방문하러 왔어요. 장례 지도사는 아빠의 침대 앞에 앉고, 저는 그 옆 아빠의 휠체어에 앉아 있는데 휠체어가 자꾸 조금씩 앞뒤로 움직였어요. 그 여자가 평온감을 가지고 온 느낌이었어요. 저는 휠체어 바퀴의 죔쇠를 고정했어요. 대화에 형식적인 내용이 별로 없어서 아빠가 대답을 처음부터 잘해 나간다는 것을 알아차렸어요. 지도사는 장례식에 관해서, 이승과 저승, 아빠에게 작별을 고하는 사람들에 관해서, 그리고 아빠를 기다리고 있을 사람들에 관해서 이야기했는데, 아빠는 즉시 아우구스테 할머니의 이름을 언급했어요. 사실 저도 동시에 그 이름을 떠올렸어요. 그 장례 지도사가 엄마에 관해서도 물었어요. 그러자 아빠의 시선이 저에게로 향했어요, 장례 지도사의 시선도요. 그래서 저는 엄마가 사실 같은 시설에 계시긴 하지만, 다른 건물에서 지내고 있다고 말했어요. "저는 엄마가 어느 정도까지 감당할 수 있을지 모르겠어요."

장례 지도사가 말했어요. "어머님은 그걸 겪을 권리가 있습니다."

"엄마에게 과도한 부담이 되지 않을까요?"

"어머님 나름의 방식으로 그걸 소화할 겁니다."

"그러면 그분이 사망하면 알릴까요?" 아빠가 있는 자리에서 아빠를 삼인칭으로 말했어요. 다르게 질문을 할 수는 없었어요. "장례식장에서 밤을 새울 때요."

"어머님도 확실히 작별 인사를 하고 싶어 하실 겁니다. 어머님은 어쨌든 아버님과 인연이 맺어져 있으니까요. 이 상황에 대해 알고 있을 겁니다."

다음에 방문했을 때 제가 엄마를 아빠에게로 모셔 갔죠. 조냐가 엄마에게 예쁜 풀오버를 입히고 머리도 매만져 줬어요. 저의 흥분이 엄마에게 전염되었는지 엄마가 초조해해요. 우리는 복도를 따라 천천히 걸어갔어요. 엄마가 제대로 걷지도 못하고, 제 손을 꽉 잡고 잔

걸음으로 겨우 걸어가서 거듭 놀랐어요. 제가 엄마를 복도를 따라 끌고 가다시피 하며 걸어갔어요. 엘리베이터에서 거울을 보며 엄마가 머리를 정돈했어요.

"엄마, 좋아 보여요."

"진짜?"

뒷마당으로 차가운 바람이 들어왔어요. 엄마는 모자도 쓰지 않았고 숄도 걸치지 않았어요. 엄마가 재킷의 옷깃을 조금이라도 여미려고 했지만 옷엔 단추도 없고, 지퍼도 없었어요. 그 재킷은 목이 넓게 파인 디자인이었어요. 이제 금붕어가 있는 연못을 지나, 불과 몇 미터만 더 가면 되었어요. 아이가 언젠가 그 연못의 금붕어들이 물속에서 오렌지색 평면처럼 조용히 잠을 자는 모습을 지켜보다가, 느닷없이 한 마리가 꼬리지느러미를 움찔하며 움직이는 바람에 몹시 흥분해서 소리쳤던 적이 있었어요.

"이제 몇 미터만 더 가면 돼요." 제가 말했어요.

엄마가 멈춰 서더니 더 따뜻하게 싸매고 싶어서 목덜미를 계속 만지작거렸어요. 모든 것을 '지금'을 기준으로 판단해서 벌어진 일이에요. 제가 이따금 따뜻한 복도에 서서 아이에게 밖이 추우니 장갑을 껴야 한다는 걸 이해시키기가 힘든 것처럼요.

"아이고, 이제 조금만 가면 된단 말이에요." 제가 엄마에게 호통을 쳤어요. 엄마가 깜짝 놀라 저를 쳐다봐서 너무 미안했어요, 하지만 그런 일이 반복해서 일어나요. 저는 초조했어요. 쫓기는 느낌이었어요. 단지 오늘뿐만이 아니라 몇 년 전부터 그랬어요. 몇 년 전부터 늘 시간이 부족한 느낌을 안고 살았어요. 누구의 기대에도 제대로 부응하지 못했어요. 아이에게도요. 어떤 아이 엄마가 제 아이까지 데리고 플렌터발트에 가 줬는데, 저는 거기로 두 시간 만에 데리러 갔던 적도 있어요. 일 때문이 아니라 저녁에 생활 보조금 지원 신청서에 서명해야 했거든요. 살날이 얼마 남지 않은 아빠 엄마에게도 제대로 못 하고 있고, 무엇보다 저 자신을 제대로 챙기지 못하고 있는 것 같아요. 그리고 엄마는 지금 주거 시설 입구를 4미터 앞에 두고 재킷을 이리저리 만지작거리고 있어요.

엄마는 층을 인식하지 못해요. 방으로 가는 문도 몰라봐요. 엄마가 바로 옆 방에 얼마 전까지 살았었는데도요. 제가 엄마를 아빠에게로 안내했어요. 엄마가 아빠를 보자마자 인상이 펴져서는 환하게 웃으며 아빠를 바라봤지요. 아빠는 그때 러닝셔츠 하나만 입은 채 쿠션과 이불 사이에 웅크리고 있었는데도요. 아빠가 단지 할머니를 닮기만 한 게 아니라 표정이 전반적으로 매우 부드러워졌다는 것을 저도 그때 보고 알아차렸어요. 얼굴에서 각진 느낌이 사라졌고, 여성적이라고 할 정도로 온화한 표정으로 바뀌어 있었어요. 엄마가 침대 옆 탁자를 지나 더듬더듬 아빠가 있는 침대로 다가갔어요. 그리고 아빠와 엄마가 서로 입을 맞췄지요.

"카디" 엄마가 아빠의 애칭을 불렀어요.

"베젤레" 아빠도 엄마의 애칭을 불렀어요.

제가 엄마에게 아빠 침대 옆에 앉으라고 의자 하나를 가져다줬는데, 엄마가 재킷을 벗고 싶어 하지 않았어요. 제가 다 같이 마실 커피를 가지러 갔어요. 돌아와 보니 엄마의 눈길에서 따뜻함이 느껴졌어요. 얼마나 사랑스러운 눈길로 아빠를 바라보고 있었는지 몰라요. 엄마는 심지어 제가 준 커피를 조금씩 홀짝이는 동안 배시시 미소를 짓기도 했어요.

엄마가 불쑥 말했어요. "이게 짜증 나게 해. 이 소리 말이야."

아빠의 산소 호흡기를 두고 한 말이었어요. 산소 호흡기가 공기를 증류수를 통과시켜 튜브 속으로 펌프질해서 들여보내느라 꾸르륵거리고 있었거든요. 아빠도 그걸 도무지 더는 못 듣겠다고 말한 적이 있었죠. 물론 제가 그걸 끌 수도 있긴 해요. 그게 마치 지하에서 작업하는 기계처럼 굉음을 내고 있다는 게 이제야 비로소 눈에 띄었어요.

"이건 산소 호흡기예요. 아빠가 숨을 쉬기 위해 꼭 필요한 거예요."

"아하." 엄마가 알아들은 듯 대답했지만 30초쯤 지나자 다시 이 소음 때문에 얼마나 짜증 나는지 투덜거리기 시작했어요. 아빠는 긴장한 것 같았어요. 그 상황을 해결할 수도 없이 거기에 붙잡혀 있어서 불안해하는 눈빛이 보였어요. 그때 문득 아빠에게 이동식 산소 호흡기로 바꿔서 달아 주면 되겠다는 생각이 떠올랐어요. 그건 용량이 적어서 금방 다시 충전해야 하지만, 숨을 들이쉴 때만 조그맣게 쉭쉭거리는 소리가 날 뿐이거든요. 그리고 아빠 엄마의 집에서 지낼 때 그 비좁은 손님방의 파란 소파에서 일어나면 바로 테이블에 부딪힐 수밖에 없어서 항상 화가 치밀었던 것처럼, 저도 역시 짜증이 난 상태였어요. 제가 고정된 기기를 옆으로 밀어 놓고, 이동식 산소 호흡기 통을 찾아서 의자와 휠체어와 병원 침대 사이에 설치했어요. 다행히 그게 효과가 있었어요. 엄마가 진정되었어요. 제가 엄마에게 커피를 가리키자마자 엄마가 다시 한 모금 마셨어요.

"힐데가 죽었어요." 아빠가 침묵을 깨고 말했어요.

"힐데?" 엄마가 물었어요.

"오덴발트 출신의."

"아하." 엄마가 맞장구를 치긴 했지만, 제가 보기에 엄마는 힐데가 누군지 알지 못하는 것 같았어요.

"마렌이 조문 엽서를 썼는데 당신 이름도 써넣었어요. 그러는 게 좋을 것 같았거든요." 아빠가 말했어요.

아빠, 아빠가 엄마를 무척 진지하게 대하는 모습에 무척 감동했어요. 하지만 동시에 저는 아빠가 엄마의 상태를 의식하지 못하고 있거나 의식하고 싶지 않아 한다는 느낌도 받았어요. 나중에 아빠가 크리스토프도 노래하러 엄마의 주거 공간에 오는지 물었어요. 아빠도 더는 존재하지 않는 가정 속에서 계속 묻고 있었어요.

"그런 것 같지 않아요." 엄마가 불확실하게 대답했어요. 아빠의 질문에 엄마가 당황한 것 같았어요.

이런 만남을 제 눈앞에서 이끌 때도 제대로 된 대화는 이루어지지 않았어요. 제가 떠오른 이야기를 하면, 대개 아이에 관한 이야기였는데, 아빠는 가만히 누워서 듣고 있고 엄마는 아빠의 침대 옆에 편하게 앉아 있었어요. 그럴 때면 저는 아빠가 집중 치료실에서 돌아온 후에 좀 더 자주 모일 수 있게 하지 않았던 것이 후회되었어요. 이렇게 모여 있을 때 집에 있는 느낌을 느꼈을 엄마를 위해서요. 엄마는 곁에 우리 둘이 있을 때를 가장 좋아했는데, 그토록 귀한 느낌이 그토록 빨리 사라지게 될 줄 몰랐어요.

그리고 또 제가 본 게 있어요. 아빠가 삶의 끝자락에서 신비한 방식으로 다시 만족하고 있다는 것을요. 아빠의 어린 시절에 일어난 전쟁에서 폭탄이 에히터딩엔 근처 숲에 커다란 웅덩이들을 만들었죠. 거기에 물이 고여서 겨울이면 아빠가 스케이트를 탔고요. 그리고 아빠가 태어났을 때 그랬던 것처럼, 아빠는 지금도 아빠를 호의와 사랑으로 만나는 사람들로 둘러싸여 있어요. 아빠의 형 게르트와 형수 이름가르트가 자주 아빠를 보러 오지요. 간호사인 조냐와 다니엘라와 스티븐도 친절하고요. 주거 시설의 뮐러 부인은 매일 저녁 아빠 방문을 두드리고 들어와 아빠의 침대 앞에 앉아서 "잘 자요."라고 작별 인사를 해 주시죠, 엄마 대신에요. 아빠의 조카들은 전화로 안부도 묻고, 카드도 쓰며 저에게 도움을 주고 있어요. 학교 동창생들과 친구분들은 소포를 보내오기도 하고요.

그런데 엄마는 유대 관계가 없이 혼자예요. 마치 그게 엄마에게 고착되어 반복되는 구조인 것처럼요. 엄마는 종종 공격적이기 때문에 간호사들에게도 그다지 호감이 가는 거주자는 확실히 아니에요. 엄마의 형제자매 중 누구도 엄마가 어떻게 지내는지 단 한 번도 물어본 적이 없어요. 제가 초기에 지원을 부탁했는데도요. 엄마의 친구 테아 아줌마에게서 온 편지들만이 엄마가 아직 맺고 있는 유일한 관계를 보여 주는 증거예요. 하지만 제 생각에 그것조차 언젠가 더는 유지할 수 없게 되겠지요. 제가 엄마 곁에 있으면서, 이런 차가운 구멍 속에 저를 넣어 채워 주고 제 체온으로 따뜻하게 해 줘야 할 것 같아요. 사실 저도 엄마에게 가까이 다가가기가 좀 어려워요. 비가 오고 추운 11월 밤에 공습경보가 울리고 난 후 이웃집에서 폭탄이 폭발해서 외할머니가 두 다리에 피를 흘리는 모습을 엄마가 봤나 봐요. 그로부터 겨우 1년 만에 엄마는 거절과 고독으로 가득 찬 들판에 서 있게 되었는데, 그 들판은 저도 피하고 싶은 심정이에요.

상실

제가 11학년 때 우리 반 친구들과 함께 소렌토로 수학여행을 갔어요. 저녁에 다른 아이들과 함께 바닷가에 있을 때, 저는 발붙일 곳이 없는 느낌이었어요. 어떤 관계에서 이탈한 것 같았어요. 저도 앉아서 아직 이야기를 나누고는 있었지만, 그게 어떻게 진행되는 건지 알고 있었기 때문에 저절로 그렇게 하고 있었던 것일 뿐이에요. 저는 도저히 더는 거기 있지 못할 것 같았어요, 몰래 가져온 와인을 바닷가에서 마시며 흥분해 있는 무리에 어울릴 수가 없었어요. 저는 혼자 끙끙거리다가 누워버렸어요. 제가 눕자마자 다른 친구들도 자기 시작했는데, 정말 참을 수가 없고 더는 있을 수가 없었어요. 마구 추락하는 느낌이었어요. 그래서 일어서서 맨발로 유스호스텔 시설을 지나 터벅터벅 걸어갔어요. 우리는 울타리가 쳐진 대지 위에 사각형으로 배치되어 있는 작은 오두막에서 묵었어요. 저는 공중전화 부스를 찾아서 가지고 있는 동전들을 닥치는 대로 집어넣고는 아빠 엄마에게 전화를 걸었었죠.

"여보세요?" 엄마가 잠에 취한 채 말했어요.

저는 "엄마"라는 말밖에 안 나왔어요. 동전이 전화기의 금속 통로를 통해 쩔그럭 소리를 내며 들어가서, 동전을 더 넣고 울면서 말했어요. "엄마, 잠을 잘 수가 없어요."

"마렌?" 엄마가 물었어요, "마렌, 무슨 일……."

전화기가 마지막 동전을 꿀꺽 삼켜 버리고는, 뛰뛰 하는 소리가 들렸어요.

저는 선생님들의 오두막을 찾아갔어요. 메처 선생님은 아무것도 이해하지 못했어요. 단지 제가 흐느끼며 말한 탓만은 아니었어요. 그분은 남녀 학생 모두에게 인기 있는 분이었지만 저에게는 아무런 이해심도 보여 주지 않았어요. 저는 그 선생님 방의 빈 침대에 누웠지만 잠을 이루지 못했어요. 너무 고통스러웠는데도 다른 도리가 없었어요. 저 자신을 잃어 가고 있었어요. 다음 날 저도 함께 폼페이로 힘겨운 발걸음을 옮겼는데, 저는 이미 다른 아이들로부터 소외되어 혼자 다녔어요. 무슨 일이 있냐고 물어보는 사람도 없었는데, 어차피 저도 그걸 설명할 수 없었을 거예요.

돌벽으로 이루어진 그 많은 집 중 하나 앞에서 슈바이처 선생님이 멈춰 서더니, 거기 돌에 어떤 표시가 조각되어 있는지 물었어요. 저는 남자의 거시기라고 생각했어요. 그리고 네, 정확했어요, 음경. 슈바이처 선생님이 거기가 사창가였다고 밝혔어요. 그분은 그걸 그렇게 불렀어요. 저는 두 번째 밤을 도저히 견디지 못할 거라는 걸 알고 있었어요. 아마 미쳐 버릴 거예요. 그래서 슈바이처 선생님에게 말했어요. "집에 가고 싶어요." 그 선생님도 그걸 이해하진 못했어요, 그러나 제 말을 진지하게 받아들여 주고, 오후에 슈투트가르트행 비행기표까지 마련해 줬어요. 그 푯값만 해도 1000마르크가 넘게 들었어요. 슈바이처 선생님이 공항까지 같이 택시로 태워다 주면서, 저에게 무슨 일이 있냐고 물었어요. 저는 어깨를 으쓱하고는 다른 쪽 창문으로 내다봤어요. 무쇠로 된 난간이 있는 발코니에서 어떤 키 큰 남자가 통나무 하나를 톱으로 켜고 있었어요. 그가 톱질을 멈추고는 톱을 나무 속에 꽂은 채 손등으로 이마의 땀을 쓱 닦아 냈어요. 우리의 시선이 마주쳤어요. 마치 우리가 연결되어 있는 것처럼 서로를 쳐다봤지만, 택시가 단숨에 휙 지나갔어요.

제가 암스테르담에 있을 때도 이미 수면제를 먹고 있었냐고요? 그렇지는 않아요. 여행을 시간 순서대로 묘사할 수는 없어요. 또 상황과 감정도요. 한 달간 기차로 유럽을 이리저리 돌아다닌 후에 마지막으로 암스테르담에 들렀어요. 친구랑 저는 무분별하게도 대마초 비스킷을 먹었어요. 파리에서 오는 중에 우리는 마지막 며칠 동안 끝내주게 지내 보자고 마음먹었거든요, 인터레일 티켓을 사용할 수 있을 때까지, 즉 우리가 독일로 국경을 넘어가서 히치하이크를 해서 집으로 하기 전까지요.

우리가 도로변에 해롱거리며 앉아 있는데, 저는 우습다는 생각이 전혀 들지 않는데도 자꾸 웃음이 터지는 걸 멈출 수가 없었어요. 저는 추하게 찌푸려진 얼굴을 계속 만져 봤어요. 불룩한 뺨과 팽팽해진 입가를요. 거리의 사람들이 저에 관해 수군거리기 시작했어요. 사람들이 무슨 말을 하는지 정확히 들렸어요. 철컥철컥 잠기는 소리가 점점 더 많이 들렸어요. 현관문 잠기는 소리도 났고, 커튼 뒤로 창문이 잠기는 소리도 들렸어요. 사방에서 쑥덕거리는 목소리의 바다를 간신히 통과해서 우리는 유스호스텔로 돌아왔어요. 제 친구가 길을 잘 찾았거든요.

그런데 저는 유스호스텔로 가는 길도 몰랐고, 불과 몇 시간 전에 침낭을 매단 제 배낭을 가져다 두었던 제 방이 어디에 있는지도 생각이 나지 않았어요. 그래서 친구의 침대 옆 맨바닥에 누웠어요. 저는 거기 누워 있었고 친구는 금방 잠에 곯아떨어졌어요. 그리고 제 몸이 싸늘하게 식어 가고 계속 미끄러지는 느낌이 들었어요. 처음엔 발부터 감각이 없어지기 시작하더니, 조금 후엔 다리도 내 맘대로 움직여지지 않았고, 몸통과 두 팔도 그렇게 되었어요. 먼지투성이 딱딱한 바닥에 누워 있는 제 머릿속으로 온갖 기분이 미끄러져 들어왔어요. 고개를 돌리자 머리카락이 부스럭거렸어요. 그런데 한 가닥이 마룻바닥에 걸려서 마치 두꺼운 밧줄처럼 잡아당기는 바람에 너무 고통스러웠어요. 부비강을 통해 점액이 한쪽에서 흐르는 게 느껴졌는데, 일부는 이마 위로, 다른 부분은 광대뼈 뒤로 흐르는 것 같았어요. 뇌가 녹아 나오는 느낌이었어요. 차가운 공기가 코를 통과하며 씩씩 소리가 났어요. 입이 바짝 마르고, 목구멍으로 넘어가는 곳이 계속해서 오그라들어서, 오글오글한 주름들이 침을 삼킬 때 서로 얽혔다가 다시 열렸어요.

이렇게 차원을 넘나드는 인식에 사로잡힌 채 갑자기 저는 이러다 죽겠구나 싶었어요. 제가 지금 죽음을 체험하고 있다는 걸 알았어요. 이 끔찍한 상황이 멈추기만을 간절히 원하고 있었기 때문에, 죽어 가고 있다는 게 처음엔 위로가 되기까지 했어요. 그러나 몸은 죽지만, 영혼은 절망적으로 떠돌게 된다는 생각과 그런 이미지가 떠올랐어요. 이렇게 위협적인 상황에서 제때 구조받지 못한다면, 제 영혼은 아빠 엄마가 저의 사망 소식을 전달받는 모습을 보게 되겠죠. 엄마는 얼굴을 두 손에 파묻을 거고 아빠는 털썩 주저앉을 거예요. 그렇게 바닥에 웅크리고 앉아서 엄마의 다리를 잡고 있겠지요.

11.

코로나가 몰고 온 병원 풍경

코로나19 검사 결과가 음성이 나와야만 아빠와 엄마를 방문할 수 있는 시절이 왔어요. 저는 요양원 출입구 열쇠를 가지고 있어서 그 전까지는 종종 즉흥적으로 아무 때나 아빠에게 들르곤 했었어요. 저녁에 들를 때도 있었고 지나가다가 들르기도 했지요. 시간이 충분할 때는 엄마에게도 들렀고요. 하지만 이제는 하루 전에 미리 신청해 놓고, 식당으로 쓰이던 공간에서 정해진 시간에 검사를 받아야만 해요. 바닥에 마루가 깔려 있고 벽에는 어두운 널빤지를 댄 옛 식당 자리가 커다란 역사적 행사 공간이 된 거예요. 그 공간은 요양원 뒷마당에, 주거 시설과 본관 사이에 있어요. 그 공간에 분산 배치해 놓은 의자들에 다른 방문객들이 앉아 있어요. 재킷을 덮어쓴 사람도 있고 마스크를 쓴 사람도 있어요. 언젠가 한번은 제가 마지막으로 기다리고 있었어요. 그때 간호사 페터는 칸막이로 분리된 작은 검사 구역 바로 옆에 있는 그랜드 피아노 앞에 앉아 있었어요. 시계가 째깍거리며 15분이 지나자 페터가 장갑을 벗었어요. 장갑이 찍찍 소리를 내며 분리되어 쓰레기통에 착륙했어요. 페터가 자유로워진 손가락을 막 움직이더니 모차르트의 세레나데를 연주했어요. 식당으로 통하는 문이 양쪽으로 열어젖혀 있어서, 그가 입고 있는 방호복이 바람에 펄럭거렸어요.

강림절 기간[*]에 요양원에서 몇 사람이 코로나에 걸려서 면회 금지가 선포되었어요. 저는 옛 식당 자리 앞에 앉아서 검사 결과가 나오기를 기다리고 있었어요. 약간 떨어진 곳에서 페터가 담배를 피우고 있었는데, 조금 후에 그가 저에게 엄지손가락을 치켜세워서 유리창을 통해 아빠 면회에 대한 오케이 신호를 줬어요. 어떤 여자가 자기 언니에게 줄 선물을 맡기자, 접수대의 미하엘이 그것을 받으며 다른 손에 들고 있는 전화기에 대고 "아니요, 아직 새로운 결과가 나오지 않았습니다. 네, 모두 기다리고 있습니다."라고 말했어요. 어떤 남자가 자전거를 타고 와서 자기 아버지가 어떻게 지내는지 알고 싶어 했어요. 아빠는 임종을 앞두고 있어서 제가 아빠를 계속 방문할 수 있는 거예요, 예외 규정인 거죠. 담배를 피우며 연못 앞에 서 있는 또 다른 남자도 마찬가지로 검사 결과를 기다리고 있어요. 그 남자가 늘 방문하는 그 사람도 아마 곧 사망하겠지요. 그 남자가 잠깐 제 쪽을 건너다봤어요. 그러더니 다시 담배를 깊이 빨아들였어요.

주거 시설 거주자들은 모두 자기 방에서 문을 잠그고 있어서,

---

[*]　기독교에서 크리스마스 전 4주 동안 예수의 탄생과 재림을 기다리는 절기.

제가 아빠에게 가려고 계단을 올라가는데 사방이 조용했어요. 식사 구역에는 긴 테이블이 입구를 막는 용도처럼, 상도 차려지지 않은 상태로 놓여 있었어요. 다니엘라가 개방된 부엌에서 내다보며 저에게 인사했어요. 그 앞에 놓인 쟁반에는 커피잔 하나, 케이크 한조각, 사과 한 알이 담겨 있었어요. 다니엘라의 얼굴에서 긴장감이 보였어요.

"어떻게 지내세요?" 제가 묻자 다니엘라가 어깨를 으쓱했어요.

"당신은 검사 결과가 이미 나왔어요?" 제가 물었어요. 왜냐하면 워낙 광범위하게 표본을 채취했기 때문에, 거주자들뿐만 아니라 의료진들도 검사 결과를 기다리고 있다는 걸 알고 있었거든요. 다니엘라가 고개를 흔들었어요. 저는 손을 들어 인사하고 계속 갔어요.

처음에는 엄마를 9일 동안이나 볼 수 없었어요. 그러다 보니 간호사들이 들려준 말 중에서 침울한 말들만 마음에 남아 있었어요. 엄마가 온종일 침대에 누워만 있으면서 아무도 다가오지 못하게 한댔거든요. 엄마가 영양 섭취를 어떻게 하려고 하는지, 그리고 엄마가 어떻게 손을 들어 때리려고 위협했는지 마리아가 저에게 이야기했어요. 저는 그게 어떤 느낌인지 바로 알아들었어요. 그 손짓을 너무나 잘 알고 있거든요.

불과 얼마 전까지만 해도 아이와 함께 엄마를 방문할 수 있었어요. 그게 면회 금지가 시행되기 전 마지막 방문이었어요. 엄마 방으로 가는 길에 스티븐이 저를 막고 서서 이야기해 줬어요. 엄마가 또 침대에만 누워 있고 오늘도 돌봄을 받지 않으려고 했다며 놀라지

말라고요. 방에 들어서자 냄새가 지독하게 났어요. 엄마와 방을 같이 쓰는 뮐레 씨가 침대 모서리에 앉아서 「당신의 꼬맹이가 와요」의 멜로디를 흥얼거리고 있었어요. 엄마는 바지를 입고 얇은 이불을 덮어쓰고 옆으로 누워 있어서, 얇은 이불 아래로 여윈 몸매가 두드러지게 나타났어요. 엄마는 눈을 뜨고 있었어요. 저는 침대 앞에 꿇어앉아서 제 손을 엄마의 어깨 위에 얹었어요. 아이는 제 등 뒤 가까이에서 조용히 앉아 있었고요.

"엄마, 어떻게 지내세요?"

"잘 못 지내."

"무슨 일 있어요?"

엄마가 공허하게 정면을 쳐다봤어요.

"좀 일어서고 싶으세요?"

엄마가 고개를 저었어요.

제가 엄마 침대 옆 의자에 앉아서 아이를 무릎에 앉히자 아이가 머리를 저에게 기댔어요. 벽에는 뮐레 씨가 여자 광대와 함께 찍은 사진 하나가 걸려 있고, 그 바로 옆에 제 어린 시절을 그린 스케치 하나가 걸려 있었어요. 마누엘의 아버지가 그 스케치를 그렸는데 제가 입을 벌리고 웃고 있는 모습이었어요. 저는 별 모양 금 귀걸이를 하고 있었는데, 그 귀걸이에 대한 기억이 아주 생생해요. 저는 그 스케치를 아이에게 보여 주며 제가 어쩌다 그 귀걸이 한 짝을 야외 수영장 입구에서 잃어버렸는지 이야기했어요. 어떤 남자아이가 제 앞으로 아주 빨리 뛰어 지나가서 그게 떨어졌는데, 아무리 바닥을 샅

샅이 찾아봐도 다시 찾을 수 없었다고요. 그 이야기가 저는 아직도 믿기지 않지만, 제가 그 이야기를 하고 있는 지금, 그게 기억 속에 단단히 고정되어 있어요.

제가 아무 말도 없이 앉아 있는데 뮐레 씨가 저와 시선이 마주치자, 저더러 자기를 위해 뭔가를 해 줄 수 있냐고 물었어요. 말을 너무 흐릿하게 해서 무슨 소린지 잘 못 알아들었어요. 사실 뮐레 씨가 저랑 눈이 마주칠 때마다 저한테 계속 뭔가를 물어봤기 때문에 저는 알아들으려는 노력조차 하지 않았어요. 저는 익숙하게 "간호사들한테 전해 드릴게요."라고 말하고는 그 방을 나오자마자 금방 잊어버리곤 했어요. 저의 감정적 수용 능력이 아빠와 엄마의 관심사를 넘어서는 것까지 커버할 만큼 충분하진 못하거든요. 어쩌다가 아빠의 옆방 이웃인 라우슈 씨가 풀오버를 입을 때 도와드린 적은 있어요. 풀오버가 그분의 목 보호대에 걸려 있고 팔은 풀오버에 매달려 있는 채로 복도에서 휠체어를 타고 오고 있었거든요. 저는 뼈대가 굵은 그의 몸에 풀오버를 입혀 주고 그와 잠깐 이야기를 나누기도 했어요.

엄마가 침대에서 힘겹게 몸을 일으키더니 일어서려고 해서, 제가 엄마를 도와 일으켜 드렸어요. 엄마가 종종걸음으로 뮐레 씨 침대로 다가갔는데, 엄마의 다리 사이에 묵직해진 기저귀가 매달려 있었어요. 저는 아이 손을 잡고 있었어요. 엄마는 뮐레 씨의 이불을 정돈해 주고 베개를 털어서 머리 받침에 고정했어요. 마치 늘 아빠 곁에서 했었던 것처럼요, 아빠. 뮐레 씨가 침대에 털썩 주저앉았어요.

"하지만 저분은 할아버지가 아니잖아요." 아이가 말했어요.

그런데 지금 엄마는 뮐레 씨와 함께 방에 누워만 있고 도통 일어나질 않는대요. 엄마가 직접 물을 마시러 움직이게끔 하는 것도 약간 설득이 필요하고요. 조냐가 저에게 입구에서 알려 줬어요. 엄마한테 "자기야."라고 부르면 도움이 된다는 이야기를 해 주려고 일부러 내려온 거래요. 그렇게 부르면 엄마가 이따금 컵을 들고 심지어 한 모금 마시기도 한다고 이야기하며 조냐가 사랑스러운 손으로 상황을 묘사했어요. 제 속에서 맴돌던 불안감이 점점 커지는 것을 느꼈어요. 처음 코로나19 봉쇄령이 내려졌을 때는 아빠 엄마 둘 다 서로에게 큰 의지가 되었어요. 두 분이 함께 있었으니까요. 그리고 제가 두 분을 만나려고 할 때는 아빠에게 전화를 걸었어요. 그러면 엄마가 아빠를 휠체어에 태워 정원으로 밀고 왔었지요. 우리는 분수 앞에 앉았어요. 제가 벤치 하나에 앉고, 엄마는 다른 벤치에 앉고 그사이에 아빠가 휠체어를 타고 앉아 있었어요. 지금은 달라졌어요. 아빠와 엄마는 따로 있고 저만 만날 수 있어요. 그런데 엄마에게로 갈 수 없다는 사실이 제 마음을 헤집어 놔요. 엄마가 저를 필요로 한다는 것이 느껴지거든요. 또는 제가 엄마를 필요로 하는 것일 수도 있어요. 이따금 그게 잘 구분이 되지 않아요.

치매가 어른을 다시 아이로 만든다고들 하지만, 그건 잘못된 말이에요. 아이의 발달을 근거로 퇴행을 이야기할 수는 있겠지만, 그건 단지 이해를 돕기 위한 구성일 뿐이에요. 엄마는 침몰하고 있어요. 반면에 아이의 눈은 모든 것에 대한 준비가 되어 있어요. 아이는 자신의 본성을 갖고 온전하게 존재해요. 처음부터요. 그러나 치매를 앓는 사람들에게는 우리가 아이들에게 다가갈 수 있게 하는 상냥함, 격려, 꾸미지 않은 기쁨이 최고로 좋은 것이에요. 그들이 그런 것에 흠뻑 젖게 해야 해요. "오늘 예쁜 바지를 입고 있네요. 엄마에게 정말 잘 어울려요." 제가 이따금 이렇게 말하면 엄마가 참 좋아해요. 엄마에게 지금은 그런 게 가장 좋은 것인 듯해요.

엄마는 어렸을 때도 이미 혼자일 때가 많았어요. 외할아버지는 전쟁에 나갔다가 프랑스 감옥에 갇혀 있었고, 외할머니는 밤새도록 재봉틀 앞에 앉아 페달을 밟았죠. 그 페달에 아이가 요즘 아주 매료되어 있어요. 외할머니가 러닝셔츠의 어깨를 꿰매 주고 개당으로 보수를 받았다는데, 너무 가련했어요. 제 생각엔 외할머니가 힘든 일에서 벗어나지 못하고 좌절한 게 유복한 아버지와의 단절 때문이었던 것 같아요. 외할머니는 자신의 아버지를 용서할 수 없었을 거예요. 어머니를 빼앗았으니까요. 자식들이 울 때도, 엄마가 아무리 울어도, 할머니는 일을 놓을 수 없었던 거죠.

외할머니는 당신의 자녀들을 전부 먹여 살리고 뒷바라지해서, 겉보기엔 번듯하게 잘 키웠어요. 맏아들은 대학에도 다녔고, 각각 남부끄럽지 않은 직업도 갖게 되었지요. 엄마는 미용사가 되고 싶었지만 외할머니가 못 하게 말렸대요. 그래서 엄마는 슈투트가르트보험사에서 직업 실습을 받았어요. 그러나 저는 엄마가 마치 원을 그리듯이, 지금 또다시 감정적 차원에서 고독을 체험하고 있다는 느낌이

들어요. 엄마는 보살핌을 잘 받고 있어요. 저는 조냐의 호의를 잘 알아요. 우리가 산책하러 나가기 전에 조냐가 엄마의 머리카락을 얼마나 정성껏 빗겨 주는지도 봤어요. 조냐가 엄마의 마음을 헤아려 준 거였어요.

그러나 아빠도 저도 더는 엄마 곁에 있지 않아요. 우리는 떨어져 있어요. 아빠와 엄마가 저를 위해 떨어져 있었던 것처럼 그렇게, 할머니가 재봉틀 앞에 앉아 있었던 것처럼 그렇게요. 제대로 설명할 수도 없어요. 그런데 이 순간에도 그렇고 언제까지나 그럴 거예요.

아빠가 병원에 입원했다가 이어서 재활 병원에 입원해 있는 동안, 엄마가 주간 돌봄 센터에 가던 당시에 제가 엄마의 바지 주머니에 쪽지를 하나 넣었어요. "사랑하는 엄마, 우리 오늘 오후에 다시 만나요. 저는 엄마를 정말 사랑해요, 엄마 딸 마렌." 저는 엄마가 주머니에 늘 갖고 다니는 손수건이나 멘톨 사탕을 찾다가 그 짤막한 편지를 발견하고 그 몇 줄을 읽게 되길 바랐어요. 하지만 저녁에 편지가 뭉쳐 있는 걸 발견하고서, 엄마가 편지를 손에 쥐고는 있었지만 이제 더는 읽을 수 없다는 걸 알게 되었어요. 엄마 친구인 테아 아줌마의 편지도 엄마는 어쩔 줄 모르고 손에 들고만 있다가 탁자 위에 올려놓았어요. 엄마는 이제 사진도 알아보지 못해요. 아빠가 언젠가 엄마한테 사진에 테아가 있는지 물었죠. 엄마가 친구들과 슈바르츠발트로 주말 나들이를 가서 찍은 사진을 살펴봤어요. 그날 아빠와 제가 집에 머무르면서 어떻게 지냈는지도 생각나고, 제가 한 번도 먹어 본 적 없던 감자 퓌레를 먹었던 기억도 나요. 저는

아빠가 갈아 넣은 육두구도 몰랐었죠. 평소에는 항상 엄마가 요리
했으니까요.

"이게 엄마잖아요." 제가 말하자 엄마가 저를 쳐다봤어요. "여기
왼쪽에 마그다 아줌마가 있고요. 그리고 테아 아줌마. 우쉬 아줌마
네요."

"애가 우쉬라고?" 엄마가 되물었어요. 여자 네 명이 티티 호수를
배경으로 찍은 단체 사진이었어요.

12.

놓아주기

요양원에서 코로나19 감염 환자가 발생했던 시기에 요양원장과 한참 통화를 하고 난 후에, 요양원장이 제가 엄마를 정원에서 잠깐 만나는 것에 동의해 줬어요. 요양원장은 비상 상황이라서 아침 일찍부터 밤늦게까지 원장실에서 연락을 받고 있었고, 심지어 주말에도 연락할 수 있었어요. 겨울답게 추워져서 저는 옷을 두껍게 챙겨 입고 자전거를 타고 요양원으로 가서, 옛 식당 공간에서 검사를 받은 뒤 엄마의 주거 구역에 전화를 걸었어요.

"어떻게 해 드릴까요?" 전화를 받은 안나가 물었어요. 안나는 적극적으로 잘 도와주는 간호사인데, 엄마를 씻기는 데 종종 성공하는 유일한 간호사예요.

"엄마를 아래로 데려다주실 수 없을까요?" 제가 물었어요.

"어머님은 더는 그렇게 멀리 걸어가실 수가 없어요."

안나가 엄마를 휠체어에 태워서 문 쪽으로 밀고 왔어요. 엄마는 꼼짝도 하지 않고 어디를 쳐다보지도 않았어요. 마스크를 쓰고 있긴 했는데, 입만 가리고 코는 다 드러내 놓고 있었어요. 피부는 각질이 벗겨져 상의 위에 허옇게 떨어지고 있는데, 엄마의 피부가 전반적으로 건조해요. 엄마의 재킷이 열려 있었지만 지퍼를 발견하지 못해서, 제 숄을 엄마에게 감아 드려서 노출이 많이 된 부분을 할 수 있는 한 덮어 드렸고, 제 모자도 씌워 드렸어요. 그러는 동안에 엄마는 저를 단 한 번도 쳐다보지 않았고 무관심하게 저를 지나쳐 딴 데만 빤히 바라보고 있었어요. 비가 오기 시작해서 저는 엄마와 정원에서 처마의 돌출부 아래에 멈춰 서 있었어요.

"엄마, 저 좀 쳐다볼 수 있겠어요?" 제가 엄마의 눈높이로 쪼그리고 앉아서 물어봤어요. 시선이 마주치자 엄마가 저를 알아보긴 했지만, 마음에 아무런 동요도 보이지 않았어요. 엄마의 눈빛은 흐려져 있고, 속눈썹이 눈에 끈적끈적하게 들러붙어 있었어요.

"전 엄마를 사랑해요." 이렇게 말하고 제 손을 엄마의 무릎 위에 올려놓았어요.

엄마는 고개만 끄덕였어요.

빗방울이 길에 물방울무늬를 만드는 동안 우리는 나란히 정원을 바라보고 있었어요. 제가 엄마 무릎을 쓰다듬자 이윽고 엄마가 말했어요. "이제 내가 좀 들여다봐야겠어, 어떤지."

엄마가 더는 아무 말도 하지 않기에 제가 말했어요. "제가 잘 보살필게요. 그리고 다시 모셔다 드릴게요. 추우세요?"

"응."

엄마가 탄 휠체어를 밀고 정원을 지나가는데, 빗방울만 조금씩 뚝뚝 떨어졌어요. 엄마의 공허함을 어떻게 채워 줘야 할지는 몰랐지만 엄마와 좀 더 시간을 함께 보내고 싶었어요. 잠깐이라도 만날 수 있어서 얼마나 좋은지 모르겠다고 엄마에게 말했어요. 그리고 덤불에 있는 참새들이 보이는지, 참새들이 지저귀는 소리가 들리는지도 물었고, 제가 늘 엄마 생각을 하고 있다고도 말했어요. 하지만 엄마는 계속 아무 말도 하지 않았어요.

저녁 늦게 요양원장한테서 전화가 왔어요. "유감입니다. 방금 검사 결과가 나왔는데, 어머님이 양성이에요."

"젠장." 저는 전염되었을까 봐 걱정되었어요. 아플까 봐 그런 것이 아니라 격리 기간 때문에요. 그리고 아이를 만날 수 없을까 봐 걱정되었어요. 아이가 모레까지 아이 아빠 집에 있기로 했었는데, 아이 없이 2주를 지내게 생겼어요. 지금까지 그렇게 오랫동안 아이와 떨어져 있어 본 적이 없어요. 또 아이와 꼬박 2주 동안 오로지 집에만 있어 본 적도 없는데, 그게 대안이 될 수는 있겠지만, 그것도 걱정스럽기는 마찬가지예요. 또 혹시 아빠 엄마의 상태가 더 나빠지더라도, 엄마가 병원에 입원하더라도 제가 두 분을 방문할 수도 없고 꼼짝없이 집에만 있어야 하니까요. 아빠의 위급 상황 규정에는 코로나19 감염도 포함되어 있어요. 그걸 아빠가 자필로 보충해서 써넣었지요. 무슨 일이 일어나든 병원 치료를 받지 않겠다고요. 아빠에 집중하고 신경을 쓰느라 엄마 생각을 미처 못 했어요.

처음에 저는 전화로 엄마의 주거 구역에 연락을 유지했어요. 2

주 전부터 지속해 온 면회 금지에도 불구하고 그사이에 네 명만 빼고 모든 거주자가 다 감염되고 말았어요. 뮐레 씨는 걸리지 않았기 때문에 엄마는 일인실로 옮겼어요. 간호사들은 방호복으로 완전히 감싼 상태로만 방에 들어가고요. 엄마는 먹지도 마시지도 않고 오직 누워만 있대요.

"엄마가 아무것도 먹지 않으려고 한다는데, 그러면 안 되잖아요." 제가 전화기에 대고 말했어요.

"네. 제가 그걸 팀 회의에 안건으로 올릴게요." 조냐가 말했어요. 그리고 덧붙였어요. "아무튼 우리는 억지로 강요하지는 못하거든요."

오래되어 쓰지 않는 휴대폰에 이야기 하나를 녹음했어요. 어렸을 때 엄마가 저에게 읽어 줬던 『꼬마 물놀이 대장』의 1장을 엄마에게 읽어 주고 싶었거든요. 음성 메시지를 어디에서 찾을 수 있는지 적은 메모와 함께 그 기기를 요양원에 넘겨줬어요. 제가 입구에서 문에 걸려 있는 빨간 면회 금지 표지를 보는 동안, 아이가 두 팔로 제 다리를 감싸고 있었어요. 제가 책을 녹음하고 있는 동안에, 잠을 깬 아이가 불러서 아이에게 급히 가느라 안타깝게도 녹음이 중간에 갑자기 끝났어요. 부르는 소리도 녹음이 되었는지는 저도 모르겠어요. 제가 녹음한 걸 다시 확인하지 못했거든요. 조냐가 그 기기를 받아 들었어요. 조냐에게 어떻게 지내냐고 물어봤어요.

조냐가 손사래를 쳤어요. "아유, 요양원에 다니는 사람은 아무튼 양말을 한 무더기씩은 갖고 있어요. 그리고 조냐가 덧붙여 말했어요. "제가 그냥 집에 있을 수가 없었어요. 저를 지금 여기에서 더 필요로 한다는 걸 아니까요."

엄마에겐 그 시간이 끔찍했을 거예요. 낯선 방에 누워 있는 데다가, 간호사들은 초록색 복면에 마스크를 쓰고 안면 가리개를 착용한 채 엄마에게 다가가고, 오직 장갑 낀 손으로만 만지고, 뭐든 급하게 챙겨 주고 나가 버리니까요. 엄마는 무슨 일이 일어나고 있는지도 이해하지 못해요. 엄마가 전화기에 대고 울어요. 간호사들도 울어요.

"상황이 무척 나쁩니다. 치매 환자들은 우리의 표정과 우리가 보이는 호의에 매우 의존하고 있는데, 우리 표정을 볼 수 없으니까요." 수간호사가 말했어요.

카롤리네가 자기도 집에 아픈 남자가 한 명 있다고 이야기했어요. "제가 감염되면, 제 운명이 어떻게 될지 훤해요."

"요양원 거주자들은 무척 화가 치밀 거예요. 격리는 감금이나 다름없거든요." 하거 박사가 말했어요. "전쟁 때 체험했던 일이 떠오르는 사람도 많을 겁니다. 마치 방공호에 앉아 있거나 포로로 잡혀 있는 것처럼 느끼는 거죠. 그래서 이제 진정제를 비롯해 필요한 약들을 처방하고 있습니다."

연방군 군인들이 갑자기 투입되었어요. 위장용 군복 바지와 검은 장화 위에 하얀 브이넥 간호복 셔츠를 입고 그 위에 방호복도 갖춰 입었어요. 주거 시설에는 아래팔에 커다란 문신이 있고 눈길이 부드러운 검은 머리의 젊은 남자 군인이 배치되었어요. 아빠도 들어서 알고 있겠지만, 그 군인은 본래 아빠의 대항해가 시작되었던 빌헬름스

192

하펜에 배치되었다가, 그의 부인이 둘째 아이를 임신 하면서 여기로 배치된 거라고 했어요.

그 후에 수간호사한테 전화가 왔는데, 엄마가 이제 진통제로 진정시켜야 하는 상황이 되었대요.

"제가 뭘 해야 할까요?" 제가 물었어요.

"저한테 물어보시면 안 됩니다. 저희 아버지가 코로나로 사망하셨는데, 저는 아버지께 아무것도 해 드리지 못했거든요." 수간호사가 말했어요.

그래서 "제가 지금 갈게요."라고 말했어요.

"좋아요. 그게 가능하도록 해 볼게요." 수간호사가 말했어요.

늦은 오후에 사람이 없는 병동에 앉아 기다리고 있었어요. 방문은 전부 잠겨 있었고요. 가끔 방문객이 면회를 마치고 난 후 방호복을 벗을 때 나는 바스락거리는 소리가 들렸어요. 벗은 방호복을 '감염성 폐기물'이라고 표시된 커다란 쓰레기통에 버릴 때, 쓰레기통 뚜껑이 저절로 쾅 닫히는 소리도 들렸어요. 멀리서 누군가가 복도를 가볍게 발을 끌며 걸어오는 소리가 들려왔어요. 전엔 여기가 늘 북적거렸었죠. 그런데 지금은 산책하는 사람이 하나도 없어요. 정원쪽 창가에 앉아 있는 사람도 없고, 밖을 내다보거나 잡지를 뒤적거리는 사람도 없고, 휴게실에서 늘 요란한 소리를 내던 텔레비전도 잠잠해요. 잘 고른 고가구들과 젊은 스타일의 서랍장과 빨간 천 소파만 덩그러니 놓여 있어서 마치 무대 세트 같은 느낌이 들었어요.

제가 방호복 입는 걸 조냐가 도와줬어요. 두건을 쓰고 아직 뻗쳐 있는 머리카락들을 그 속으로 밀어 넣었어요. 접수대에서 받은 세 겹 마스크로 입을 가리고, 코 윗부분에 철사를 올바르게 잘 눌러 줬어요. 커다란 보안경도 썼는데 소독제 냄새가 났어요. 파란 장갑은 제 피부에 딱 달라붙어요. 아나스타지아가 엄마 방에서 나왔어요. 저를 보고는 껴안아 줬는데, 그건 충동적인 행동이었어요. "메리 크리스마스." 그녀가 인사할 때, 그녀의 안면 보호대와 제 보안경이 서로 닿아 달가닥 소리가 났어요.

"엄마." 제가 엄마를 부르며 방으로 들어섰어요. 엄마가 제 목소리를 듣고 저라는 걸 알아차렸나 봐요. 엄마의 표정이 바뀌고, 가라앉아 있던 상태에서 희미하게나마 떠오르는 느낌이 들긴 했지만, 저를 쳐다보진 않았어요. 저는 엄마가 반쯤 눕다시피 앉아 있는 커다란 일인용 회색 소파 옆에 앉았어요. 무척 여위고 연약해진 엄마는 몸이 한쪽으로 기울어진 채로 앉아 있었어요. 손을 뻗어 엄마 손을 잡았어요. 장갑을 끼고 있는데도 엄마 손이 얼마나 차가운지 느껴졌어요. 창문이 열려 있어서 얼음장 같은 공기가 들어오고 있었어요. 제 손을 엄마 손과 맞잡았어요. 엄마의 가느다란 손가락과 파란 라텍스 장갑 속 제 손가락이 엇갈리게 손깍지를 낀 채 앉아서, 다른 손으로는 엄마의 손등을 쓰다듬었어요. 엄마가 얼마나 혼란스러워하고 있는지가 느껴졌어요. 내면의 긴장으로 인해 몸이 파르르 떨리고 있었고, 몸이 뻣뻣해져서 잘 움직이지도 못했어요. 마치 이제 존재하지 않는 것 같은 엄마의 시선에 너무 가슴 아파서 울기 시작했어요. 그러자 엄마가 잠깐 제 쪽을 봤는데, 그게 너무 감격스러웠어요. 저는 엄마로부터 시선을 돌려서 얼굴을 안락의자의 차가운 가죽 속에 파묻고 엉엉 울었어요. 보안경에 뿌옇게 김이 서리고 눈물 얼룩이 생겨서 벗어서 옆으로 치워 놓았어요. 마스크의 발포 플라스틱이 눈물을 흡수해서 묵직해졌어요. 제가 일어서서, 안락의자 위로 몸을 숙이고, 한 손은 엄마의 목덜미 속으로 밀어 넣고, 다른 손은 엄마의 팔 아래에서 등 뒤로 밀어 넣어서 두 손을 맞잡았어요.

엄마를 안아 보니 엄마가 얼마나 작은지 느껴졌어요. 엄마를 좀 더 꽉 끌어안았어요. 어린 시절에 버스가 무척 덜컹거려서 엄마 무릎에 앉은 채 엄마한테 기대어 눈을 감았을 때 나던 냄새가 났어요. 어쩌다 이렇게 되었는지 저도 몰라요. 그래도 다시 엄마를 만질 수 있고, 껴안을 수 있게 되어서 너무 좋아요. 무엇보다 제가 엄마 속으로 기어들어 가거나 엄마를 제 속에 품는 것도 좋아요. 둘 다 동시에 하는 것이 제일 좋겠지요. 제가 몇 분 동안 소파 앞에서 어정쩡한 자세로 엄마를 꽉 껴안고 있어서, 제 무게에 연약한 엄마가 눌려서 힘들었을 텐데도, 엄마는 제가 감싸고 있는 두 팔 안에서 가만히 움직이지 않고 있었어요. 제가 다시 의자에 앉아서 엄마 손을 쓰다듬었어요. 엄마는 라텍스로 감싼 제 손가락들을 더듬고 있었어요.

"눈물이잖아." 엄마가 말했어요.

엄마가 냅킨 한 장을 꺼내 주면서 몸에 밴 질서 감각으로 테이블 가장자리에 정확하게 맞추어 밀어 놓았어요. 저는 장갑을 벗어 버렸어요. 이제야 맨손으로 엄마 손을 잡고 따뜻하게 해 줄 수 있게 되었어요. 엄마의 거친 손이 느껴졌어요. 그새 손도 야위어서, 마디마다 건조한 주름 언덕이 훨씬 더 뚜렷하게 보였어요.

"요즘 네가 많이 힘에 부치는구나." 엄마가 말했어요.

"네." 제가 대답하며, 마스크를 목으로 끌어내렸어요.

엄마가 엄마 앞 탁자 위에 있는 외할머니와 외할아버지의 사진을 가리키며 말했어요. "그분들이야."

제가 엄마의 사진 하나를 더 가져다 놓고 엄마에게 그게 어디에서 찍은 건지 이야기했어요. 우리가 휴가 때 보낸 호숫가에 갔을 때 라인 폭포 앞에서 찍은 사진이었어요. 엄마는 손으로 턱을 괴고 골똘히 생각에 잠겨 창밖을 바라봤어요.

엄마의 새 방은 간호사실 바로 옆에 있어요. 그런데 뒷마당 건너 맞은편 방이 바로 아빠 방이라는 건 시간이 좀 지난 후에야 비로소 알아차렸어요. 아빠 방에 불이 켜져 있는 게 보였어요. 텔레비전이 깜박거리는 것도요. 아빠와 엄마가 그걸 알기만 해도 좋겠어요. 엄마가 아빠 방 쪽을 볼 수 있다는 것과, 아빠가 일어설 수만 있다면 열린 창문을 통해 엄마가 안락의자에 웅크리고 있는 모습을 볼 수 있다는 걸 엄마가 알 수만 있어도 좋겠어요. 저는 눈부신 천장 조명을 끄고 침대 옆 탁자에 놓인 전등을 켰어요.

한 시간쯤 지나자 엄마의 긴장이 누그러지면서 엄마의 몸이 더 부드러워진 게 느껴졌어요. 엄마가 제 손을 부드럽게 잡았거든요. 이따금 엄마가 허리를 펴고 궁금한 표정으로 눈을 크게 뜨고 두리번거리다가 다시 축 늘어져요. 한 번 한숨을 쉬기도 했어요. 제가 양쪽에 손잡이가 달린 잔을 엄마 입에 대 줬지만, 엄마는 고개를 옆으로 돌리고 입술을 꽉 다물었어요. 어느 순간 엄마가 제 손을 쓰다듬기 시작했어요. 제가 노래를 부르자 엄마도 함께 흥얼거리기 시작했는데, 처음엔 목이 잠겨 있었어요. 「달이 졌어요」라는 노래는 저녁 바람이 찬데도 마지막 절까지 엄마 혼자 불렀어요. 그건 아이의 노래책에 없어서 제가 모르는 노래였거든요.

작별 인사를 하려고 일어섰을 때, 엄마의 눈빛에서 갑작스럽게 공포에 사로잡히는 게 보였어요. 엄마는 제가 없으면 절망적이라고 느껴요. 제가 없어서 계속해서 절망적이었죠. 제가 엄마를 요양원에 두고 달아난 지 이제 2년도 넘었어요.

"내일 다시 올게요. 몇 번이고 계속 다시 올게요."

다음 날 검사에선 새로운 결과가 나왔어요. 엄마가 더 이상 전염성이 없대요. 엄마 방으로 들어가는 문이 이제 활짝 열려 있어요. 옷장에 걸어 놓은 제 외투가 엄마의 관심을 끌었어요.

"그거는?" 엄마가 물었어요.

"제 거예요. 네. 엄마에게도 무척 잘 어울릴 것 같아요."

엄마가 저를 쳐다봤어요.

"엄만 참 예뻐요."

그다음 날엔 또다시 빨간색 면회 금지 표지가 엄마의 방문에 걸려 있어서 망설여졌어요. 간호사들이 회의실에서 조용히 나와서, 시선을 바닥에 깔고 부엌이나 간호사실 등 서로 다른 방향으로 갔는데, 아무도 저한테 제대로 인사하지 않았어요.

"우리도 도무지 이해가 안 돼요. 이제 또다시 거의 모든 거주자가 전염된 상태예요. 검사 결과가 오락가락하네요." 수간호사가 말했어요.

"그럼 보건 당국은요?" 제가 물었어요.

간호사가 어깨를 으쓱했어요. "연락이 되질 않아요."

저는 간호사들의 부담이 생생하게 느껴졌어요. 그들은 예전과 달리 더는 아무것도 공유되지 않는, 예상조차 할 수 없는 조건에서 일하고 있어요. 여기저기에 일정표와 규칙이 붙어 있고, 새로 정해진 과정인 "먼저 검사, 그다음 비감염자 돌보기, 그 후에 감염자"가 쓰여 있어요. 중요한 세부 업무를 위해 각자 역량을 다 쏟아붓고 있었어요. 현재로선 제가 요양원에 드나드는 유일한 가족이에요.

제가 또 방호복을 입고 엄마 방으로 들어가자, 엄마가 깜짝 놀라서 제가 있는 방향을 봤어요. 하지만 저를 쳐다보지는 않고, 잠깐 저를 지나쳐서 보다가, 다시 앞을 응시했어요. 시디플레이어가 중간에 걸렸는지 반 음절을 계속 버벅거리고 있었어요. 제가 그걸 꺼 버리고, 장갑과 보안경을 벗고, 마스크도 내렸어요.

"엄마." 제가 엄마를 부르며 손을 잡았어요. 그러자 엄마가 다시 긴장하고, 다시 두려움에 휩싸였어요.

"저 좀 보세요."

엄마가 그렇게 하긴 했는데, 두 눈을 제 쪽으로 향한 채 있다가, 고개를 옆으로 돌렸어요. 엄마의 앞으로 다가가는 것이 엄마에게 오히려 부담을 주는 것 같았어요, 이미 오래전부터. 그런데도 저는 계속 그렇게 해 왔어요. 그러면 저를 엄마와 연결할 수 있을 것 같았거든요. 이미 사라진 무언가를 만회할 수 있을 것도 같았어요. 제가 엄마가 되었을 때, 그리고 저 자신에게 엄마가 필요했을 때, 과거 그어느 때 이상으로 엄마가 필요했을 때 엄마는 이미 떠나는 중이었어요. 롤랑 바르트가 그걸 자기 어머니의 죽음에 관해 쓴『애도 일기』라는 책에서 그렇게 감성적이지 않게 썼어요. "이제부터 언제까지나 저는 제 자신의 어머니입니다."[15]

"엄마, 사랑해요." 계속 반복해서 말했지만 전혀 공감을 얻지 못했어요. 녹음해서 들려준 지 오랜 후에 비로소 저는『꼬마 물놀이 대장』책을 직접 가져가서 읽어 드렸어요. 제가 엄마의 안락의자 옆에 앉아서 책을 엄마 무릎에 놓고 책장을 넘길 때마다 엄마가 머리를 움직였어요. 엄마가 풍차 바퀴의 물받이 위에 있는 꼬마 물놀이 대장을 유심히 살펴봤어요. 그러다가 키 크고 빼빼 마른 남자가 우산을 들고 방앗간 연못 속으로 떨어질 때, 엄마 입술에 미소가 스치는 게 보였어요.

"계속 읽을까요?"

엄마가 고개를 끄덕였어요.

두 시간도 넘게 읽어 주느라 입이 마른 채로 또 오겠다고 엄마한테 거듭 약속을 하며 방에서 나왔어요. 엄마가 저를 바라보며 고개를 끄덕였어요.

"좋아." 엄마가 말했어요.

방호복 쓰레기를 버리고 텅 빈 복도를 걸어가는데 마리아가 부엌에 서 있었어요. 저는 작별 인사를 하고 싶었어요. 아니 그것보다 더 많은 이야기를 하고 싶었어요.

"엄마가 많이 안 좋아요, 상황이 끔찍해요. 엄마가 나날이 움츠러들고 있어요."

"여긴 감옥 같아요." 마리아가 말했어요. 마리아는 목소리가 힘 있는 키 큰 여자예요. "우리는 일종의 감옥에서 일하고 있는 셈이에요."

우린 말 없이 마주 보고 서 있었어요, 그러다가 그녀가 말했어요. "이제 아버님을 더는 방문하실 수 없어요. 아버님을 전염시키게될 테니까요." 그녀가 고갯짓으로 뒷마당 쪽을 가리키며 말했어요.

엄마의 상황을 묘사하기 위해 찾던 말이 요양원에서 나오고 나서야 떠올랐어요. 박탈.

놓아주기

"텍스트는 직물이다"[16]라고 롤랑 바르트는 썼어요. 텍스트는 그 뒤에 진실이 숨겨져 있어서 벗겨 내고 적어 둬야만 하는 베일이 아니래요. 오히려 그것으로 직접 가공하는 텍스트의 지속적인 엮기, 즉 직조를 통해서 비로소 의미가 생긴대요. 저는 풀어진 실을 붙잡고 있는 것처럼 여겨졌어요. 제 어린 시절과 유년기에 아빠 엄마와 함께 한 순간들을, 이따금 임의로 붙잡고 있는 거였어요. 아이의 직조 셔

틀로 제가 실을 엮을 때처럼, 갑자기 끝나는 실도 있고, 단단하고 긴 실도 있어요. 저는 제 눈앞에서 생기는 직물의 무늬를 보고 깜짝 놀랐어요.

"이 직물에서, 이 조직에서, 사라지는데," 그렇게 바르트는 계속 쓰고 있어요. "주체는 자신의 둥지를 만드는 분비물 속에서 스스로 소멸하는 거미처럼 해체된다."[17] 제가 아빠 엄마와 저에 관해 글을 씀으로써, 아빠 엄마와 함께했던 저의 시간이 생겨나요. 이 글은 아빠와 엄마가 세상을 떠나는 부분부터 쓰기 시작했는데, 아빠 엄마가 저를 떠나는 게 아니라 사실은 제가 두 분을 놓아주는 거였어요. 두 분을 놓아주는 과정은 지난여름에 비로소 시작된 게 아니고, 2년 전이나 5년 전에 비로소 시작된 것도 아니고, 오히려 삶 속에서 지속해서 진행되고 있었어요. 그런데 그걸 제가 이야기하고 글로 짜 넣음으로써, 아빠 엄마와 함께했던 저의 시간이 생겨나는 거예요.

제가 아빠에게 크림을 바르고 있어요. 아빠 피부가 건조하기 때문이에요. 아빠의 발이 이미 많이 터졌어요. 크림을 바르면 더 좋아질 거예요. 푸르스름한 색이 더 밝은 피부색으로 바뀔 거예요. 아빠 다리의 근육이 무척 약해졌어요. 아빠는 이제 서지도 걷지도 못해요. 아빠의 몸을 보면 그걸 알 수 있어요. 상체는 계속 힘이 있고 뼈도 탄탄하고 흉곽도 넓지만, 두 다리는 대막대기처럼 가늘어요. 제가 크림을 바르는 동안 종아리가 제 두 손안에서 부드럽게 이리저리 움직일 정도로 가느다란데도 불구하고, 저는 제 다리의 형태를 다시 확실하게 알게 되었어요. 제가 손뿐만이 아니라 다리와 체격까지 아빠를 쏙 빼닮았다는 것을요.

아빠의 등은 온통 빨간 점으로 뒤덮여 있어요. 아마 너무 많이 누워 있어서 그럴 거예요. 아빠가 가능한 한 허리를 구부려요. 제가 발라 주는 게 좋은가 봐요. 흉곽까지 다 발라 드렸어요.

"움푹 파인 곳이 여전하네요." 제가 말했어요. 배와 가슴 사이에요. 배와 흉곽이 만나서 주름이 잡히는 거기에요. "아빠가 검버섯을 잡아 뜯은 자리지요."

"응. 리모네에서, 그게 2004년이었지." 아빠가 말했어요.

"전 병원에서 그런 줄 알았는데요."

"아니야, 리모네에서 샤워하다가 그랬어."

롤랑 바르트와 비슷하게 철학자 폴 드망(Paul de Man)은 『가면극으로서의 자서전(Autobiographie Valsv Maskenspiel)』이라는 에세이에서 자서전은 반드시 인생을 살아온 그대로 기록하는 것은 아니며, 자전적 글쓰기를 통해 실제보다 더 좋게 그려 내기도 한다는 데서 출발해요. 텍스트와 인생 사이에 "상호 반영하는 구조"[18]가 생긴다는 거죠. 자서전 텍스트가 이런 구조를 몰아내기는 하지만, 일어난 일을 기록한 거라고 둘러대는 허구적 텍스트가 존재하기도 해요. 동시에 텍스트가 그런 구조를 먼저 생산하기도 해요. 아빠와 엄마에 관한 제 글에서도, 두 분이 세상을 떠나는 과정에서 제가 연상적으로 꿰맞춘 경험들도 실제로 일어나지 않았거나, 착각했거나 미화한 것일 수도 있어요. 폴 드망은 한 걸음 더 나아가서 허구적 자서전을 "자기 치유, 자기–자신–재건"[19]의 과정으로 이해해요.

리모네에 계실 때도 저는 아빠와 엄마를 방문했었죠. 기차를 타고 로베르토까지 가면, 거기로 아빠와 엄마가 저를 데리러 왔었고요. 아빠는 '로베르토'라는 이름을 아직도 기억하고 있네요. 저는 몰랐어요. 언덕을 지나면 우리 차 앞에 가르다 호수가 나타났던 것만 기억나요. 우리는 리모네 위쪽에 있는 작은 방갈로에서 지냈지요. 마지막 50미터는 걸어서 가야 했었어요. 덤불과 나무 사이로 난 좁고 가파른 길이었지요.

그 방갈로는 단순한 구조였고 저는 거실에서 잤어요. 거기엔 간이 부엌도 있었고 바로 앞에는 커다란 테라스가 있었어요. 보라색 트럼펫 모양의 꽃이 구불구불 난간을 휘감고 올라가고 있었는데, 아침마다 꽃이 피어서 엄마와 제가 살펴보곤 했어요. 낮 동안에는 꽃잎을 오므렸다가, 다음 날 아침이면 다시 활짝 피었어요. 아빠가 저에게 케이퍼 덤불을 보여 줬었죠. 그건 해변으로 가는 길에서 자라고 있었어요. 길쭉한 줄기 끝에 둥근 꽃봉오리들이 참 예뻐 보였어요. 15년 후에 아빠가 저에게 말했어요. "우리가 널 위해 깜짝 선물을 준비했단다." 제가 요양원 정원으로 아빠 휠체어를 밀고 가고 엄마가 우리 옆에서 함께 걸어가다가 휠체어를 넘겨받았을 때였죠. 빨갛게 물든 담쟁이덩굴이 벽 전체를 타고 올라가고 있었어요. 불과 며칠 후에 잎이 지기 시작했고요. 아빠가 눕는 의자에 누워 책을 읽고 있는 동안 저는 엄마와 함께 멀리 호수로 수영하러 다녀왔어요. 우리는 호수가 보이는 전망 좋은 작은 호텔에서 식사를 했어요. 숙소까지 마지막 50미터를 우리는 서로 손을 잡고 걸어갔어요. 엄마가 제 손을 잡았는데, 거친 손으로 꽉 잡았고, 저는 아빠 손을 잡았는데, 더 부드럽고 더 컸어요. 오솔길이 좁아지면서, 우리는 앞뒤로 서서 팔과 손으로 사슬을 만들어서 걸어갔었죠. 아빠가 앞에, 제가 가운데에, 이어서 엄마가요. 테라스로 이르는 네 개짜리 계단 근처에서 비로소 아빠가 사슬에서 벗어나서 난간을 잡았죠. 저도 엄마를 놓아주고 아빠를 따라갔어요. 테라스에 도착하자 저는 돌아서서 잔잔한 호수를 바라보았어요. 아이의 따뜻한 손이 제 손안으로 들어와요. 제가 아이를 바라봐요. 아이가 후 불어서 눈에 붙은 머리카락들을 떼어 내네요. 아이가 이제 제 배에까지 닿을 정도로 훌쩍 컸어요.

주

1 Walter Benjamin: Das Kunstwerk im Zeitalter seiner technischen Reproduzierbarkeit. Frankfurt am Main: Suhrkamp 1977.

2 Roland Barthes: Die helle Kammer. Frankfurt am Main: Suhrkamp 1989, S. 86.

3 Roland Barthes: Die helle Kammer. Frankfurt am Main: Suhrkamp 1989, Seite 105.

4 Susan Sontag: Über Fotografie. Frankfurt am Main: S. Fischer 1980, S. 21.

5 Didier Eribon: Rückkehr nach Reims. Berlin: Suhrkamp 2016, S.12.

6 Michel Foucault: Andere Räume. In: Barck, Karlheinz u. a. (Hg.): Aisthesis. Wahrnehmung heute oder Perspektiven einer anderen Ästhetik. Leipzig: Reclam 1992, S. 34–46, S. 41.

7 Michel Foucault: Andere Räume. In: Barck, Karlheinz u. a. (Hg.): Aisthesis. Wahrnehmung heute oder Perspektiven einer anderen Ästhetik. Leipzig: Reclam 1992, S. 34–46, S. 44.

8 Hervé Guibert: Meine Eltern. Zürich, Berlin: diaphanes 2017, S.62.

9 Hervé Guibert: Meine Eltern. Zürich, Berlin: diaphanes 2017, S.62.

10 Maggie Nelson: Die Argonauten. Berlin: Hanser Berlin 2017, S. 49.

11 Wolfgang Herrndorf: Arbeit und Struktur. Berlin: Rowohlt 2013, S. 369.

12 Interview 「Gian Domenico Borasio über Sterben」. In: Süddeutsche

Zeitung vom 19. November 2011, S. V2/8.

13 Michel Foucault: Andere Räume. In: Barck, Karlheinz u.a. (Hg.): Aisthesis. Wahrnehmung heute oder Perspektiven einer anderen Ästhetik. Leipzig: Reclam 1992, S. 34–46, S. 41.

14 Interview ⌈Gian Domenico Borasio über Sterben⌋. In: Süddeutsche Zeitung vom 19. November 2011, S. V2/8.

15 Roland Barthes: Tagebuch der Trauer. München: Hanser 2010, S. 46.

16 Roland Barthes: Die Lust am Text. Frankfurt: Suhrkamp 1974, S. 94.

17 Roland Barthes: Die Lust am Text. Frankfurt: Suhrkamp 1974, S. 94.

18 Paul de Man: ⌈Autobiographie als Maskenspiel⌋. In: Paul de Man: Die Ideologie des Ästhetischen. Frankfurt: Suhrkamp 1979, S. 131–145, S. 136.

19 Paul de Man: ⌈Autobiographie als Maskenspiel⌋. In: Paul de Man: Die Ideologie des Ästhetischen. Frankfurt: Suhrkamp 1979, S. 131–145, S. 138